हिन्द पॉकेट बुक्स

शक्तिशाली विचार करें सपने साकार

डॉ. शोभा निगम शिक्षण कार्य से संबद्ध हैं, जिन्होंने अध्यापन से कार्य शुरू किया और प्रिंसिपल के पद तक पहुँचते हुए एक ओर जहाँ राष्ट्र के नवनिर्वाण में महत्वपूर्ण भूमिका निभाई, वहीं विभिन्न पत्र-पत्रिकाओं में लिखते हुए मार्गदर्शक की भूमिका का भी पालन किया। आपकी दर्जनों पुस्तकें विभिन्न संस्थानों से पुरस्कृत हो चुकी हैं। हिन्द पॉकेट बुक्स से प्रकाशित *सुकरात : एक महात्मा* हेतु इन्हें मध्य प्रदेश हिन्दी साहित्य सम्मेलन का 'वागीश्वरी' पुरस्कार प्राप्त हुआ है।

शक्तिशाली विचार करें सपने साकार

डॉ. शोभा निगम

हिन्द पॉकेट बुक्स
पेंगुइन रैंडम हाउस इम्प्रिंट

हिन्द पॉकेट बुक्स

यूएसए। कनाडा। यूके। आयरलैंड। ऑस्ट्रेलिया। सिंगापुर
न्यू ज़ीलैंड। भारत। दक्षिण अफ्रीका। चीन

हिन्द पॉकेट बुक्स, पेंगुइन रैंडम हाउस ग्रुप ऑफ़ कम्पनीज़ का हिस्सा है,
जिसका पता global.penguinrandomhouse.com पर मिलेगा

पेंगुइन रैंडम हाउस इंडिया प्रा. लि.,
चौथी मंजिल, कैपिटल टावर -1, एम जी रोड,
गुड़गांव 122 002, हरियाणा, भारत

पेंगुइन
रैंडम हाउस
इंडिया

प्रथम हिन्दी संस्करण हिन्द पॉकेट बुक्स द्वारा 2009 में प्रकाशित
यह हिन्दी संस्करण हिन्द पॉकेट बुक्स में पेंगुइन रैंडम हाउस द्वारा 2023 में प्रकाशित

10 9 8 7 6 5 4 3 2

ISBN 9789353490676

मुद्रकः रेप्रो इंडिया लिमिटेड

www.penguin.co.in

FSC www.fsc.org MIX Paper from responsible sources FSC® C047271

This is a legitimate digitally printed version of the book and therefore might not have certain extra finishing on the cover.

सोच-विचार

मनुष्य जानवर से आदमी बना या आदमी के रूप में ईश्वर ने उसका सृजन किया, यह एक ऐसा प्रश्न है, जिसे लेकर विज्ञान और धर्म में अक्सर विवाद होता आया है। धर्म अक्सर मानव को ईश्वर के द्वारा विशेष रूप से सृजित बताते हैं, जब कि विज्ञान मानता है कि मनुष्य विकास के दौरान अस्तित्व में आया है। खैंर, सत्य चाहे जो हो, वह यहां महत्वपूर्ण नहीं है, महत्वपूर्ण है यह जानना कि मानव आख़िर है क्या? क्या अन्य पशुओं के समान वह भी एक पशु है? अथवा मन रखने के कारण वह मननशील है, इसीलिए उसे मानव कहा गया है और यही उसे पशुओं से अलग और ऊपर करता है?

वैसे इस सत्य से हम इनकार नहीं कर सकते कि हर आदमी में जानवर का अंश छिपा रहता है, जैसा कि सदियों पहले ग्रीक दार्शनिक प्लेटो ने कहा था : हममें से प्रत्येक में, यहां तक कि परम आदरणीय में भी, एक अराजक हिंसक पशु-प्रकृति छिपी रहती है, जो निद्रावस्था में बाहर झांकती है। आज यह स्थिति और भी ज़्यादा बढ़ गई है। सभी प्रकार के अपराध के बढ़ते ग्राफ़ देखकर तो लगता है, मानो चारों तरफ़ आदमी की खाल ओढ़े भेड़िये-ही-भेड़िये घूम रहे हैं।

इस सत्य से भी तो इनकार नहीं किया जा सकता कि इस धरती पर

ही ऐसे मनुष्य भी हुए हैं, जिन्होंने सम्पूर्ण धरा एवं मानवता के कल्याण के लिए अपना सारा सुख-चैन, यहां तक कि अपनी ज़िन्दगी भी न्यौछावर की है। त्याग, करुणा, दया, हिम्मत, स्नेह, प्रेम, उत्साह आदि भाव भी तो मनुष्य में ही पाए जाते हैं। केवल महान पुरुषों में ही नहीं, सामान्य मानवों में भी ये भावनाएं रहती हैं, भले ही कम मात्रा में हों। हमारी पौराणिक कथाएं बताती हैं कि मानवीय गुणों की उदात्तता के कारण देवता भी मानव का शरीर धारण करने के इच्छुक रहे हैं।

इसका मतलब है कि मनुष्य में निम्न पाशविक अंश के साथ-साथ उच्च दिव्य अंश भी रहता है, किन्तु अफ़सोस की बात यह है कि अक्सर उसके उच्च दिव्य अंश पर निम्न पाशविक अंश हावी रहता है। यह पाशविक अंश मनुष्य को सुख तो देता है, किन्तु यह सुख क्षणिक होता है, अपने पीछे निश्चय ही दुःख लाता है और अन्ततः उसे पतन के गड्डे में ले जाता है। चूंकि यह मनुष्य का अनिवार्य अंग है, अतः इसे काटकर फेंका नहीं जा सकता, पर इस पर नियन्त्रण अवश्य रखा जा सकता है। यह नियन्त्रण करने का काम मनुष्य में ही स्थित उच्च दिव्य अंश कर सकता है। किन्तु नियन्त्रित करने के बजाय हम इसे रूपान्तरित करें, तो अधिक अच्छा होगा, क्योंकि नियन्त्रण तो एक बार छूट सकता है, किन्तु एक बार रूपान्तरण हो जाए, तो वह स्वभाव बन जाता है, जो फिर अपने-आप कार्यशील रहता है।

यहां उल्लेखनीय है कि दिव्य अंश की अभिवृद्धि जीवन के किसी भी क्षेत्र में सफलता प्राप्त करने के लिए ज़रूरी है। वस्तुतः इसी के अभाव में आज चारों ओर हमें बुझे हुए, हताश, निराश, परेशान या फिर क्रुद्ध, भ्रष्ट, बदमिज़ाज और तनावग्रस्त चेहरे दिखाई देते हैं। यही कारण है कि लोग जीवन में अपना चाहा लक्ष्य तथा सुख-शान्ति नहीं प्राप्त कर पाते... और जीवन की सांझ में अपने को सुनहरी लालिमा के बजाय अन्धकारपूर्ण कालिमा से घिरा पाते हैं। एक हारे हुए जुआरी के समान तब सिवाय अफ़सोस करने के उनके पास और कुछ नहीं बचता। थोरो के शब्दों

में : जीवन की सन्ध्या-बेला में हमें महसूस होता है कि अरे हमने तो जीवन जिया ही नही!

यहां प्रश्न उठता है कि इससे बचने के लिए हम क्या करें, कैसे करें? उत्तर सरल है। अपने दिव्य अंश की अभिवृद्धि के लिए हमें सबसे पहले अपने मन को कुविचारों से मुक्त कर सद्विचारों से भरना होगा, ऐसे विचारों से जो हमें उच्च जीवन मूल्यों का अहसास कराएं तथा उस ओर बढ़ने के लिए प्रेरित भी करें। विचार की शक्ति भाप की शक्ति से कम नहीं होती। सद्विचारों की इसी महत्ता के कारण सुकरात ज्ञान को सद्गुण कहते थे। प्रसिद्ध कवि मिल्टन कहते थे : यह मस्तिष्क भी अपनी जगह एक है। यह अपने में ही स्वर्ग और नरक बना सकता है। इससे स्पष्ट है कि संसार की घटनाएं हमारे सुख-दुःख का कारण नहीं होतीं, वरन घटनाओं के प्रति हमारा दृष्टिकोण, हमारे विचार, हमारा चिन्तन ही कारण होता है। वैल्डेले फिलिप्स कहते हैं : वे केवल विचार की तरल धाराएं हैं, जो मनुष्यों और संसार को चलाती हैं। मैत्रेयी उपनिषद में कहा गया है : चिन्तन ही संसार है, इसलिए उसकी शुद्धि ध्यानपूर्वक करना चाहिए। जैसा किसी का चिन्तन होता है, वैसा ही वह बन जाता है। यही एक सनातन रहस्य है।

वैसे विचारों के महत्व को हमारे पूर्वजों ने बहुत पहले ही जान लिया था, तभी तो कड़ी तपस्या एवं बौद्धिक विवेचन तथा योगाभ्यास द्वारा उन्होंने ज्ञान का जो दीप जलाया था, उसे मानव जाति ने उतनी ही कड़ी मेहनत के साथ पीढ़ी-दर-पीढ़ी सुरक्षित रखा तथा उसका संवर्धन भी किया, किन्तु आज संसार-भर में फैली नक़ली रोशनी तथा भौतिकता की आंधी के सामने पूर्वजों के ज्ञानदीप की रोशनी मन्द पड़ती जा रही है। इससे भी बड़ा दुःख यह है कि हम इसके प्रति लापरवाह होते जा रहे हैं। इस सम्बन्ध में अमरीकी चिन्तक थोरो ने बड़ी सुन्दर बात कही है : आलू सड़ने की बीमारी का इलाज तो हम ढूंढ़ लेते हैं, किन्तु दिमाग़ सड़ने की बीमारी का कोई इलाज हम नहीं ढूंढ़ते, जो कहीं अधिक मात्रा में तथा अधिक घातक रूप में फैली हुई है। प्रसिद्ध विचारक जे. कृष्णमूर्ति कहते हैं : जिस विनाशकारी

ढंग से हम जीते हैं, उसके प्रति हमें सजग होना होगा। इसलिए यह बहुत ज़रूरी है कि जीवन को उन्नत बनाने वाले विचारों को हम पोषित करें, उस पर चिन्तन-मनन करें और अपने जीवन में उन्हें लागू करें।

इस पुस्तक में मैंने अपने देश के तथा दुनिया के विद्वज्जनों के स्वर्णिम विचार-कणों को लेते हुए उन बिन्दुओं पर प्रकाश डाला है, जो मैं समझती हूं, मानव-जीवन को बदलने में, उसे मूल्यवान एवं अर्थवान बनाने में सहायक हो सकते हैं।

इस को लिखने में उन अनेक विद्वानों के प्रति मैं कृतज्ञ हूं, जिनके विचारों के मोती मैंने इसे सजाने में काम में लाए हैं। कुछ स्थानों पर उन विद्वानों का नाम उद्धृत नहीं हो सका है, जिसका मुझे खेद है। अपने पति डॉ. एल. एस. निगम, प्रोफ़ेसर, प्राचीन भारतीय इतिहास, संस्कृति एवं पुरातत्त्व, पं. रविशंकर विश्वविद्यालय, रायपुर तथा अपने बेटों सिद्धार्थ और शिवेन्द्र के प्रति भी मैं कृतज्ञ हूं, जिन्होंने मुझे यह सब सोचने तथा इसे लिखने को प्रेरित किया एवं इसके प्रकाशन में मदद की।

मैं 'देशबन्धु' के प्रधान सम्पादक श्री ललित सुरजन को भी धन्यवाद देती हूं, जिन्होंने मेरे इन लेखों को लेकर हमेशा मेरा उत्साह बढ़ाया। इनमें से अनेक लेखों का उन्होंने अपने दैनिक पत्र में विचार 'वीथिका' नामक स्तम्भ में प्रकाशन किया था। मैं उन पाठकों के प्रति भी आभारी हूं, जिन्होंने कामना की थी कि यह पुस्तक रूप में प्रकाशित हो।

शासकीय महाविद्यालय – डॉ. शोभा निगम
आंरग, जिला – रायपुर (छत्तीसगढ़)

क्रम

....

आशा

हम अपने जीवन में अनगिनत शब्दों से परिचित होते हैं। हमारा व्यावहारिक जीवन इन्हीं शब्दों की सहायता से चलता है, पर इन शब्दों में से कुछ शब्द ऐसे होते हैं, जो सीधे हमारे दिलोदिमाग़ को छू लेते हैं, जो हमारे प्राणों में नवजीवन का संचार करते हैं, जो हमारे बोझिल क़दमों को गति देते हैं तथा हमारे अन्धकारमय जीवन में प्रकाश-स्तम्भ बनकर खड़े हो जाते हैं।

ऐसा ही एक शब्द है, आशा। ज़रा सोचिए – यह शब्द नहीं होता, तो क्या होता? तब क्या असफलता, पराजय और दुर्भाग्य का घुप्प अंधेरा हमें लील न जाता? और तब क्या हमारे पैरों में सौ-सौ मन का बोझ न बंध जाता?

सच तो यह है कि इस संसार में प्रत्येक व्यक्ति को अपने जीवन में कभी-कभी ऐसे पड़ावों का सामना करना पड़ता है, जहां सब-कुछ टूटा हुआ-सा, बिखरा हुआ-सा प्रतीत होता है। और तब वह अपने-आप को अचानक ऐसे बियाबान में पाता है, जहां से निकलने का उसे कोई रास्ता नज़र नहीं आता। ऐसे में उसके पास यदि आशा की ज्योति न हो, तो सिवाय सिर पटकने के उसके पास कोई चारा नहीं होता है।

निश्चय ही विपरीत परिस्थिति में जो सिर पटकते हैं, वे आशा की महिमा से अपरिचित होते हैं। यह एक दुःखद सत्य है कि आज ऐसे ही

लोगों की संख्या ज़्यादा है। विश्व-भर में आत्महत्या करने वालों की बढ़ती संख्या इस बात का प्रमाण है कि तमाम सुख-सुविधाओं के बाद भी आज आदमी लगातार निराशावादी होता जा रहा है। यह ठीक है कि आज उसके सामने निराशा के कारण पहले से ज़्यादा हैं, किन्तु ज़रा सोचिए – क्या कोई ऐसी रात हुई है, जिसके बाद भोर न हुई हो? भला ऐसा भी कोई दिन हुआ है, जब सूरज निकला न हो? माना कि बदलियां कभी-कभी सूरज को ढक लेती हैं – पर क्या कभी कोई ऐसी बदली हुई है, जो आसमान में हमेशा ही छाई रही हो? बड़े-बड़े तूफान तक एक दिन थम जाते हैं – और हम हैं कि छोटी-छोटी पराजय के बाद ही हथियार डाल देते हैं और घुटनों में अपना सिर छिपाकर रोते रहते हैं।

आप कहेंगे, ये दुष्ट बदलियां हमारे जीवन में आती ही क्यों हैं? अच्छे-भले उजले दिन को ये बदलियां काला क्यों कर देती हैं? विधाता तो बड़ा क्रूर है, जो हमारे रास्ते में अंधेरे के कांटे बो देता है। पर क्या सचमुच विधाता क्रूर है?

नहीं, ऐसी बात नहीं है। सत्य तो यह है कि यदि हमारे जीवन में बाधाएं न हों तो हमारे जीवन का मतलब ही पूरा नहीं होती। ये बाधाएं ही तो होती हैं, जो हमारी आत्मा को शक्तिशाली बनाती हैं। इन बाधाओं को तोड़ने के लिए हम जो ज़ोर लगाते हैं, उससे आत्म-शक्ति बढ़ती है। सोना कसौटी पर कसकर ही तो मूल्यवान बनता है। यदि वह कसौटी पर कसे जाने से इनकार कर दे, तो घाटे में तो वह ही रहेगा। इसी तरह अंधेरे का भी अपना महत्व है। आसमान जितना काला होता है, सितारे उतनी ही तेज़ी से चमकते हैं। कहने का मतलब यह कि बुरी-से-बुरी परिस्थिति भी हमारे लिए लाभप्रद हो सकती है, बशर्ते हम निराशावादी न हों। बाइबिल के नए नियम में सन्त पौलुस का एक सुन्दर वाक्य है : कष्टों में भी हम आनन्द मानते हैं कि कष्ट से धीरता, धीरता से चरित्र, चरित्र से आशा उत्पन्न होती है और यह आशा हमें कभी निराश नहीं होने देती। उल्लेखनीय है कि सन्त पौलुस ने ये शब्द शत्रुओं द्वारा दी गई मरणान्तक पीड़ा सहते हुए कहे थे।

हम कितनी ही बुरी परिस्थिति में भी आशा का दामन थामे रह सकते हैं। इसे किसी विद्वान ने चन्द पंक्तियों में बड़े प्रभावशाली ढंग से कहा है :

वह बारह मंज़िलों से नीचे गिरा
और खिड़की के पास से गुज़रते हुए वह
अपने डरे हुए दोस्तों से चिल्लाकर कहता
चलो अभी तक तो मैं बिल्कुल ठीक हूं।

निश्चय ही निराशा के गर्त में डूबे हुए ज़्यादातर व्यक्तियों की परिस्थितियां कभी भी इतनी बुरी नहीं होतीं कि वे अपने-आप को यह कहकर सान्त्वना न दे सकें, 'चलो, अभी तक तो मैं बिल्कुल ठीक हूं। याद रखिए, हर बीमारी का अर्थ मौत नहीं होता और यह भी याद रखिए, सब हमेशा के लिए खो नहीं जाता, जो भी हो कल दूसरा दिन, सतरंगा दिन, ज़रूर आता है। यही तो आशा है। शॉपनहावर ठीक ही कहता था : निराशा और कुछ नहीं आशा की मृत्यु का रोना ही तो है। अतः आशा को कभी मरने न दें।

पर आशा ऐसी चीज़ नहीं है, जिसे हम सिक्कों से ख़रीद सकते हैं। इसके लिए हमें मानसिक तैयारी करनी होगी। हमें ऐसा नज़रिया विकसित करना होगा, जो आशा की किरणों को चारों ओर बिखरी देख सके। हमें प्रयत्नपूर्वक जीवन के उजले पक्ष पर अपनी नज़रें जमानी होगी। हमें सींखचों में क़ैद उस क़ैदी का जीवन-दर्शन अपनाना होगा, जिसने अपनी क़ैद आसमान में जड़े चांद-सितारों को निहार-निहार कर काट दी थी, बजाय उस क़ैदी के जो अपने सामने फैले कीचड़ को देख-देखकर नाक-भौं सिकोड़े रहता था। कहा भी गया है : निराशावादी हर अवसर पर कोई-न-कोई कठिनाई देखता है और आशावादी हर कठिनाई में कोई-न-कोई अवसर देखता है। आशावादी बनने के लिए यह भी ज़रूरी है कि हम अपने भीतर साहस, धैर्य एवं विश्वास पैदा करें। इसके साथ ही हमें अपनी निम्न एवं स्वार्थी प्रवृत्ति का त्याग करना होगा और सबसे बड़ी बात उस ईश्वर में विश्वास करना होगा, जो हमेशा हमारे साथ रहता है।

बाइबिल में कहा गया है : किसने ईश्वर पर श्रद्धा रखी और वह परित्यक्त हुआ, किसने ईश्वर से प्रार्थना की और वह उपेक्षित रहा? धिक्कार है उस निरुत्साह हृदय को, जो भरोसा नहीं रखता! धिक्कार तुम लोगों को, जो धैर्य खो चुके हो!

विनोबा भावे भी यही कहा करते थे : केवल नास्तिक ही निराश हुआ करते हैं।

तो आइए, हम भी आस्तिक बनें, आशावादी बनें।

अन्त में :

होके मायूस न आंगन से उखाड़ो पौधे
धूप बरसी है तो बारिश भी यहीं पर होगी।

होगा कभी तो पूरा साकार सपना अपना
होता नहीं है सोच के बेजार ये मन अपना।

– मुक़ीम भारती

आज

हाल ही की बात है। एक सिद्ध पुरुष के पास एक युवक कातर होकर पहुंचा। बोला, "महात्मा जी, मुझ पर दया कीजिए। मुझे कोई ऐसा मन्त्र दीजिए, जिससे मैं अपने सपने को पूरा कर सकूं। मेरे माता-पिता ने बड़ी आशाएं लगा रखी हैं मुझसे। पर पता नहीं मैं मंज़िल से अभी तक इतनी दूर क्यों हूं? क्या पता इस जीवन में अपना चाहा पा सकूंगा भी या नहीं?"

वे महात्मा अभी कुछ जवाब देते, इसके पहले ही उस युवक ने अपनी हथेली उनके सामने बढ़ाते हुए कहा, "महात्मा जी, आप तो भविष्य देख सकते हैं। कृपया मेरा हाथ देखकर मेरा भविष्य बताएं। यदि वह शून्य है, तो फिर क्यों परेशान होऊं? तब मैं विधाता की लिखी अपनी तक़दीर से समझौता कर लूंगा।"

युवक की बातें सुन महात्मा ने कुछ हंसते हुए कहा, "अच्छा पहले मेरे एक प्रश्न का उत्तर दो। ज़रा सोचकर मुझे बताओ कि तुम्हारे लिए कौन-सा दिन सर्वाधिक महत्वपूर्ण दिन है – तुम्हारा जन्मदिन, प्रथम श्रेणी में आते हुए परीक्षा पास करने का दिन? प्यार का पहला दिन या और कोई दिन?" युवक सोच में पड़ गया— किसे कहे वह अपना सबसे महत्वपूर्ण दिन...?

युवक के मन की बातें जानकर वे सिद्ध पुरुष हंस पड़े, "बोले, पुत्र सच कहूं – तुम्हारा भविष्य सचमुच शून्य ही है। पर इसके लिए विधाता नहीं,

तुम ख़ुद दोषी हो। जो युवक मेरे प्रश्न का उत्तर देने में इतनी देर तक विभिन्न विशेष दिन सोचता रहे, उसका भविष्य यही होगा। उन्नति की इच्छा रखने वाले किसी भी युवक के लिए सबसे महत्वपूर्ण दिन होना चाहिए – आज, आज का दिन।"

महात्मा की बातें सुनकर युवक को अपनी ग़लती का अहसास हुआ और वह एक नए संकल्प के साथ अपने गन्तव्य की ओर बढ़ चला।

सोचो तो, कितना अजीब है यह आज का दिन! न जाने कब से इस पृथ्वी पर सूरज के साथ-साथ पंख पसारकर उतरता आ रहा है यह आज का दिन! रात-भर की नींद से भरी हमारी पलकों को अपने उजास-स्पर्श से कितनी हौले से खोलता है यह और फिर पूरे सत्रह घंटे हमारे साथ रहकर कितनी सौग़ातें लाता है यह हमारे लिए। किन्तु हममें से कितने हैं। जो हाथ जोड़कर इसका अभिनन्दन करते हैं? ऐसे लोग विरले ही होते हैं, जिनके लिए डॉ. राधाकृष्णन् के शब्दों में : हर नया दिन नए जीवन की और हर धड़कन जीवन की नई सांस की आशा जगाती है। सच तो यह है कि ज़्यादातर लोगों के लिए सवेरा तब होता है, जब उनकी नींद टूटती है। ज़रा सोचिए कहीं आप भी तो उन लोगों में नहीं हैं, जो कभी इसका कोमल स्पर्श अपनी पलकों पर महसूस नहीं करते? जो हाथ जोड़कर स्वागत करना तो दूर, इसे दिन-भर अपने निकट भी महसूस नहीं करते?

प्रसिद्ध लेखक डेल कारनेगी ने आज की महत्ता पर प्रकाश डालते हुए विद्वानों को उद्धृत किया है, जैसे रोमन कवि होमर की पंक्तियां हैं :

सुखी मानव वही है
आज को जो अपना बना ले।
और हो आश्वस्त कह ले
जी लिया बस आज मैं तो।
कल जो करना है तू कर ले।

इसी क्रम में कारनेगी ने प्रसिद्ध कवि कालिदास की चन्द पंक्तियों को भी उद्धृत किया है, जिन्हें लिखकर उन्होंने स्वयं अपने दर्पण पर चिपका रखा था, ताकि सुबह-सुबह दाढ़ी बनाते वक़्त वे पंक्तियां उन्हें प्रेरणा दे सकें। पंक्तियां हैं :

उषा अभिनन्दन! आज का स्वागत करो।
यही मानव जीवन है, जीवन का सार है।
मानव अस्तित्व की सभी विविधाएं, वास्तविकताएं,
इसी में निहित हैं।
इसमें विकास का वरदान है, कर्म का माहात्म्य है और
सिद्धि का वैभव है।
भूत सपना है और भविष्य कल्पना,
सुखद वर्तमान से ही सुखद स्वप्न बनते हैं,
और आने वाला कल आशामय बन जाता है।

वैसे वैदिक ऋषियों ने आज के महत्व को स्थान-स्थान पर स्वीकार किया है। शतपथ ब्राह्मण में कहा गया है, कल की उपासना मत करो 'को हि मनुष्यस्य श्वो वेद' अर्थात मनुष्य के कल को कौन जानता है? 'अद्धा हि तद यदद्य। अनद्धा हि तद् यच्छव' अर्थात जो आज है वह निश्चित है, और जो कल होगा वह अनिश्चित है।

उल्लेखनीय है कि वैदिक ऋषियों ने इस आज के जनक सूर्य की बड़ी वन्दना की है। आज के आने का तूर्यनाद करने वाली उषा देवी की स्तुति से तो वैदिक साहित्य भरा पड़ा है। इस सन्दर्भ में सामवेद की सुन्दर स्तुति देखिए : हे प्रकाशमयी उषा! हमें आज महान ऐश्वर्य के लिए जाग्रत करो।

इस तरह हम देखते हैं कि आज के महत्व को सबने स्वीकार किया है, किन्तु यह कितनी बड़ी विडम्बना है कि उन्नति के इस चमत्कारिक साथी का साथ युवक इसलिए छोड़ते हैं, क्योंकि उन्हें आगत कल अर्थात भविष्य के सपने बुनना ज़्यादा अच्छा लगता है और वृद्ध होते लोग इसकी इसलिए

उपेक्षा करते हैं, क्योंकि उन्हें विगत कल अर्थात अतीत में खोये रहना ज़्यादा रुचिकर लगता है और इस तरह आगत और विगत को जोड़ने वाला बेचारा आज सबसे महत्वपूर्ण होते हुए भी सबसे ज़्यादा उपेक्षित होता है। किन्तु जिन्हें जीवन में कुछ बनना होता है, कुछ महत्वपूर्ण हासिल करना होता है, वे कभी भी आज की उपेक्षा नहीं करते भले ही वे युवा हों अथवा वृद्ध।

अन्त में

रुचिकर स्वर्ग के बन्द किवाड़ों पर देकर निज दृष्टि विलोल,
तू क्यों अपने आज खो रहा है पड़ा हुआ इस भांति अडोल।
अरे आज तो तू रखता है अपना कुछ अस्तित्व उदार,
कल तो तू ही नहीं रहेगा, कल पर फिर क्यों इतना प्यार।

– उमर ख़ैयाम

प्रत्येक दिन ऐसा सोचिए कि ऐसी यात्रा पर जाना है, जहां नए-नए आनन्दपूर्ण दृश्य दिखेंगे।

– स्वेट मार्डेन

हर सुबह मेरे लिए जीवन को प्रकृति के समान सहज सरल बनाने का उल्लासमय आमन्त्रण लेकर आती है।..यह सच है कि मैं भौतिक रूप से सूर्य के उदय में कोई सहायता नहीं कर पाता, किन्तु निस्सन्देह सूर्योदय के समय उपस्थित रहना ही सबसे महत्वपूर्ण बात है।

– थोरो

आदत

तीन अक्षरों का छोटा-सा शब्द है, आदत। मनुष्य का सारा पौरुष जो पर्वत को भी तोड़कर रास्ता बनाने की क्षमता रखता है, इस एक शब्द के आगे कभी-कभी कितना बौना हो जाता है, इसका गहराई से अनुभव मुझे हाल ही में हुआ। अचानक ही उस दिन मि. क के घर जाना हुआ। देखा कि वे गन्दे बिस्तर पर बगल में बोतल दबाए बेहोश पड़े हैं। शरीर की उन्हें कोई सुध नहीं। चेहरे पर मक्खियां भिनभिना रही थीं। उठाने पर बड़ी मुश्किल से उठे। मैंने हाल पूछा, तो रो पड़े। फिर बोले, "देखो तो, इस शराबख़ोरी की आदत ने मेरा क्या हाल बना रखा है? घर वाले भी इस आदत के कारण मुझसे नफ़रत करते हैं। डॉक्टर ने जान का ख़तरा बताया है, पर क्या करूं? बुरा हो इस दुष्ट आदत का, छूटती ही नहीं। लगता है अब मौत के बाद ही छूटेगी।"

मि. क की बातें सुनकर उस वक़्त उन पर मुझे तरस और गुस्सा दोनों आ रहा था। उनकी दयनीय स्थिति देखकर उन पर तरस आ रहा था, पर जिस सफ़ाई से वे सारा दोष आदत पर मढ़कर अपने-आप को बचा रहे थे, उससे उन पर गुस्सा भी आ रहा था। शराबखोरी की उनकी आदत क्या बिना उनकी इच्छा के बनी होगी?

सच तो यह है कि इच्छापूर्वक जिन क्रियाओं को बार-बार दोहराया

जाता है, उनसे ही आदत बनती है, तब फिर अपनी कमज़ोरी के किए कामों के लिए आदत को दोषी ठहराना क्या मुझमें गुस्सा पैदा नहीं करता?

पर फिर मुझे लगा कि वे ही क्यों, हम सब भी तो कमोबेश इस बीमारी के शिकार हैं। खान-पान, रहन-सहन, बोल-चाल, आचार-व्यवहार आदि में यदि कभी हम अपनी बुराइयों का लेखा-जोखा करते हैं, तब क्या बड़ी आसानी से इनसे सम्बन्धित दोष अपनी आदतों पर नहीं मढ़ देते हैं? किन्तु इस तरह आदत को दोष देने से क्या फ़ायदा, इससे हम अपनी बुराइयों और कमज़ोरियों के दुष्फल से तो नहीं बच सकते। सुबह देर से सोकर उठना हमारी आदत हो गई है, यह कहने से हम देर से सोकर उठने के कारण स्वास्थ्य पर पड़ने वाले दुष्प्रभाव से तो नहीं बच सकते। ऐसी स्थिति में क्यों न हम यह सोचें कि क्या हम अपनी बुरी आदतों से छुटकारा पा सकते हैं? यदि पा सकते हैं तो कैसे?

जहां तक बुरी आदतों से छुटकारा पा सकने की बात है, निश्चय ही हम बुरी-से-बुरी आदत से छुटकारा पा सकते हैं बशर्ते कि हममें उसे छोड़ने की दृढ़ इच्छा हो। बुरी-से-बुरी आदत से छुटकारा पाने के लिए पहले हमें उस आदत को छोड़ने के लिए दृढ़ संकल्प करना होगा। हालांकि बुरी आदतें बेहद प्रभावशाली होती हैं, हम एकबारगी उनसे छुटकारा नहीं पा सकते, किन्तु जिस तरह रस्सी की एक-एक बट को खोलकर हम उसे तिनके-तिनके करके कमज़ोर कर सकते हैं, उसी तरह धीरे-धीरे हम अपनी कमज़ोर आदतों को छोड़कर उन्हें पूरी तरह प्रभावहीन बना सकते हैं।

उपनिषदों में कई स्थानों पर संकल्प की महत्ता का बखान किया गया है। बृहदारण्यक उपनिषद में कहा गया है : मनुष्य काम, संकल्प और कर्म का समीकरण-माला है। जैसी उसकी कामना होगी, वैसे ही उसके संकल्प होंगे और जैसे उसके संकल्प होंगे, वैसे ही उसके कर्म होंगे, और जैसे उसके कर्म होंगे, वैसे ही फल वह अपने लिए प्राप्त करेगा। मुंडकोपनिषद में कहा गया है : कामना नदी पाप-पुण्य के दो कूलों के बीच बह रही है, किन्तु अपने संकल्प के प्रभाव से हमें अपने को पुण्य के अनुकूल बहने को

बाध्य करना चाहिए। छान्दोग्य उपनिषद में एक स्थान पर संकल्प को ब्रह्म तक कह दिया गया है। संकल्प की श्रेष्ठता बताते हुए कहा गया है : यह सब संकल्प में ही केन्द्रीभूत है, संकल्प से ही विनिर्मित है, संकल्प पर ही स्थिर है। पृथ्वी और स्वर्ग संकल्पमय हैं, वायु और आकाश संकल्पमय हैं, जल और अग्नि संकल्पमय हैं। अतः संकल्प की ही उपासना करो। जो संकल्प को ब्रह्म समझकर उपासना करता है, वह यावत् संकल्प द्धउस अवधि के लिएत्र का स्वामी है।

छान्दोग्य उपनिषद की उपरोक्त बात बहुत गहरी है, किन्तु एक सामान्य बात जो हम सब समझते हैं, वह यह है कि संकल्प से हम बुरी आदत से छुटकारा पा सकते हैं तथा अच्छी आदतों का निर्माण कर सकते हैं, किन्तु केवल संकल्प से काम नहीं चलेगा। इसके लिए हमें अपने संकल्प पर दृढ़ रहते हुए आचरण करना होगा। इस सम्बन्ध में एक रोचक बात सालों पहले मुझे किसी सज्जन ने बताई थी। उन्होंने कहा था कि बुरी-से-बुरी आदत को छोड़ने के लिए आपको केवल इक्कीस दिन उस आदत के विरुद्ध संकल्पपूर्वक मोर्चाबन्दी करनी होगी, बस, बाईसवें दिन आपको उससे अनायास ही मुक्ति मिल जाएगी। आप चाहें तो इसे आज़माकर देख सकते हैं, किन्तु आदतें हमेशा बुरी ही तो नहीं होतीं, कुछ अच्छी भी होती हैं, जिन्हें हम अपने आचार-व्यवहार में शामिल करना चाहते हैं, पर कर नहीं पाते। इसके लिए भी वही इक्कीस दिन वाली तकनीक अपनाई जा सकती है। अच्छा हो कि इसके लिए हम एक कैलेंडर में इक्कीस दिन तक प्रति रात्रि को अपने किए का विवेचन करते हुए लाल स्याही से टिक मार्क करते जाएं। जैसे एक-एक कमज़ोर तिनके को जोड़कर मज़बूत रस्सी बनाई जाती है, वैसे ही प्रतिदिन ख़ास काम करने पर वह अच्छी आदत में बदल जाता है।

इस तरह स्पष्ट है कि आदत के निर्माण में अभ्यास का महत्वपूर्ण योगदान है। प्रसिद्ध यूनानी दार्शनिक अरस्तू ने इसलिए अभ्यास को ही सद्गुण की संज्ञा दी थी। गीता में भी मन को वश में लाने के लिए अभ्यास को ज़रूरी बताया गया है।

एक प्रामाणिक एवं सार्थक जीवन जीने के लिए अपनी आदतों के प्रति सतर्क रहना अत्यन्त आवश्यक है।

अन्त में :

मन सैयारा तन बंजारा क़दम-क़दम दुश्वारी है
जीवन जीना सहज न जानो बहुत बड़ी फ़नकारी है

Habits are first cobwebs then cables.

आंसू

एक छोटा-सा शब्द है, 'आंसू'। नमकीन पानी की यह बूंद, धरती पर जन्म लेते ही आंखों को तरल बना देती है। फिर तो बचपन में जाने कितनी ही बार यह गंगा-यमुना बनकर आंखों की राह से बाहर निकलती है। बच्चों के गालों पर इन्हें बहते देखकर कभी तो हम अकुलाते हैं और कभी हंस पड़ते हैं।

अनेकानेक प्रकार की विपत्तियां हमें अक्सर आंसू बहाने को मजबूर करती हैं। इन विपत्तियों के लिए हम एक शब्द का प्रयोग कर सकते हैं, दुःख। सदियों पूर्व दुःख को आर्य सत्य घोषित करते हुए गौतमबुद्ध ने कहा था : इस धरती पर दुःख के कारण मनुष्य ने जितने आंसू बहाए हैं, सात महासागरों का जल भी उनसे कम है।

दुःख जब दर्द बनकर हमारे मन को मथता है, तो बरबस ही आंख भर आती है। वैसे मनोविश्लेषक यहां सलाह देते हैं कि भरी आंखों का बह जाना ही ठीक होता है तथा लोक में भी हम सुनते आए हैं कि कह लेने से दुःख हल्का हो जाता है, किन्तु बात एक सीमा तक ही सच है। रोने से अक्सर हमारी कमज़ोरी ही बढ़ती है। अतः मुसीबतों को दूर करने के लिए, रोते बैठे रहने के बजाय क्यों न हम सकारात्मक नज़रिया अपनाते हुए उनका विश्लेषण करें, अपनी भूलों को देखें, अपनी कमज़ोरियों को समझें

और फिर व्यवस्थित रूप से मुसीबतों का सामना करने को तैयार रहें, पर इसके लिए सबसे ज़रूरी है स्वयं ही अपने आंसुओं को पोंछना। आंसू बहाने से कुछ हासिल होने वाला नहीं है, बल्कि अधिक सम्भावना यह है कि हमारी आंखों को धुंधलाकर ये हमें हमारे पथ से विचलित कर सकते हैं।

एक बात और, आपके आंसू हर एक के दिल में सहानुभूति नहीं जगाते हैं। आपके रोने से कुछ लोग ऊब सकते हैं, क्योंकि यह एक कटु सत्य है कि दुनिया हंसने वालों का साथ देती है, रोना आदमी को अकेले ही पड़ता है। हो सकता है कि कुछ लोग आपकी व्यथा-कथा ध्यान देकर सुनते हों, किन्तु इनमें भी ऐसे ही लोगों की संख्या ज़्यादा होती है, जो आपको कष्ट में देखकर मन-ही-मन प्रसन्न होते हैं। रहीम के इस दोहे को सदैव ध्यान में रखिए :

रहिमन निज मन की व्यथा, मन ही राखो गोय।
सुन इठलैहैं लोग सब, बाट न लैहैं कोय।

फिर, आज की तनावपूर्ण तथा भागमभाग की ज़िन्दगी में सबकी अपनी-अपनी परेशानी भी तो है। जिसे आप अपना दुःखड़ा सुनाएंगे, वह भी अपना दुःखड़ा शुरू कर देगा, बकौल एक शायर :

हाले दिल मैंने जो दुनिया को सुनाना चाहा,
मुझको हर शख़्स ने दिल अपना दिखाना चाहा।

अतः बेहतर यही है कि हम अपना रोना अपने ही पास रखें। वैसे वे आंसू अपनी कुछ क़ीमत रखते हैं, जो हमारी पश्चातापपूर्ण आत्मा बहाती है, बशर्ते कि पश्चात्ताप दिल से किया गया हो और फिर वैसी भूल न करने का संकल्प साथ में हो। किन्तु सच्चे अनमोल आंसू तो वे होते हैं, जो दूसरों के दुःख को देखकर, दूसरों के लिए बहते हैं, ऐसे आंसू कई बार नया इतिहास रचते हैं। हम सब जानते हैं कि बीमारी, वृद्धावस्था एवं मृत्यु जैसे मानवमात्र को अनिवार्य रूप से होने वाले दुःखों को देखकर गौतम बुद्ध की आंखों से

जो आंसू टपके थे, उन्होंने बौद्ध धर्म की नींव रखी थी। क्रौंच-युगल में से एक को किसी शिकारी के तीर से बिंधा देखकर वाल्मीकि की आंखों से जो आंसू गिरा था, उसने रामायण जैसे कालजयी महाकाव्य की रचना की थी। मध्यकाल में हिन्दू धर्म की दुर्दशा देखकर भक्त-कवियों की आंखों से बहने वाले आंसुओं ने सर्वजन सुलभ, सरल, ईश्वर-भक्ति द्वारा ईश्वर-प्राप्ति का एक नया मार्ग प्रशस्त किया था। इसी तरह अंग्रेज़ों के अत्याचार से भारतमाता की पीड़ा देखकर महात्मा गांधी आदि नेताओं की आंख से जो आंसू बहे थे, उन्होंने एक नया इतिहास रचकर स्वतन्त्रता दिलाई थी।

इससे स्पष्ट है कि आंसुओं का भी अपना महत्व है। शायद ऐसे ही आंसू आंख से ढलकर मोती बनते हैं। अतः हमें ध्यान रखना चाहिए कि एक नज़रिये से आंसू हमारी आंखों के ख़ज़ाने हैं, इन्हें हम व्यर्थ न बहाएं।

अन्त में :

प्रिय! जिसने दुःख पाला हो,
जिसको जीवन की हारें हों जय के अभिनन्दन–सी,
वर दो मेरा यह आंसू,
उसके उर की माला हो

– महादेवी वर्मा

'नूर' हमने तो यही एक हुनर सीखा है।
खुश्क आंखों में समुन्दर को छिपाए रखना

– नूर मोहम्मद 'नूर'

आंसू तो बहुत हैं आंखों में 'जिगर' लेकिन,
बिंध जाए तो मोती है, रह जाए तो दाना है।

– जिगर मुरादाबादी

आत्महत्या

हम सब जानते हैं कि मौत ज़िन्दगी की अनिवार्य नियति है। ज़िन्दगी में हमें भले ही और कुछ न मिले, मौत ज़रूर मिलती है, किन्तु हम मरना नहीं चाहते। जीवन की वृद्धि, उसकी रक्षा, उसकी देखभाल, उसकी सुख-सुविधा के लिए हम क्या-क्या कष्ट नहीं उठाते। वस्तुतः जीवन की चाहत व्यक्ति की स्वाभाविक चाहत होती है।

किन्तु कभी-कभी ऐसा क्यों होता है कि व्यक्ति जानबूझकर मौत को गले लगाने आगे बढ़ता है? कहां तो उसे शरीर की थोड़ी भी तकलीफ़ बर्दाश्त नहीं होती और कहां वह मर्मान्तक पीड़ा सहने को प्रस्तुत हो जाता है। कभी जीते जी अपने शरीर में आग लगा लेता है, तो कभी फांसी का फन्दा गले में डालकर झूल जाता है, कभी गहरे जल में अपने को डुबो लेता है, तो कभी ज़हर पीकर शरीर का अन्त कर लेता है, कभी कनपटी पर बन्दूक़ की गोली दागकर या फिर कभी रेल की पटरी पर अपने शरीर की धज्जियां बिखेरकर, ऐसे जाने कितने ही दिल दहलाने वाले तरीक़े होते हैं, जिन्हें अपनाकर व्यक्ति स्वयं अपनी मौत का कारण बनता है।

वैसे व्यक्तिगत तौर पर मुझे बड़ी सहानुभूति होती है, आत्महत्या करने वालों के साथ। आत्महत्या का निर्णय लेना कोई मामूली बात नहीं है। जीवन के इस अहम फ़ैसले को लेने के पूर्व न जाने कितनी ही उलझनों से गुज़रते हैं

बेचारे आत्महत्यारे! उनके मन पर कितना बड़ा बोझ रहता होगा कि तन का बोझ संभालना मुश्किल हो जाता होगा? आमतौर पर तन पर एक कांटा भी बर्दाश्त न करने वाले व्यक्ति के साथ ऐसा क्या कुछ घटता है कि तन को भयानक तकलीफ़ पहुंचाकर वह संसार से निकलने को बेक़रार हो जाता है?

किन्तु इस सहानुभूति का मतलब यह नहीं कि यहां आत्महत्या की वकालत की जा रही है। आत्महत्या हर दृष्टि से एक नितान्त कायराना हरक़त है, दूसरों को तंग करने की नीच प्रवृत्ति या अपनी ज़िम्मेदारियों से बचने की पलायनवादी प्रवृत्ति। यह क्या कि थोड़ा-सा भी मानसिक तनाव आप बर्दाश्त नहीं कर सकते। आत्महत्या करने के पहले ज़रा अपने आसपास तनिक आंखें खोलकर देखिए। लाखों लोग आपसे भी ज़्यादा बुरी स्थिति में जी रहे हैं। उल्लेखनीय है कि आत्महत्या ग़रीब लोग बहुत कम करते हैं। शरीर से लाचार वृद्ध व्यक्ति भी यदा-कदा ही आत्महत्या करते हैं। ऐसे क़दम शक्ति और ऊर्जा से भरपूर युवाजन ही ज़्यादा उठाते हैं, जिनमें आसमान से तारे तोड़कर लाने की कुव्वत होती है, पर जाने क्यों वे अपनी इस अपार शक्ति को बिसराकर थोड़ी-सी विपरीत स्थिति का सामना नहीं कर पाते। वे यह क्यों भूल जाते हैं कि विपरीत परिस्थितियां अक्सर लाभदायक होती हैं। ये तो हमारे अन्दर की असीम शक्तियों को बाहर लाने वाली होती हैं। सच कहा जाए तो संसार की प्रत्येक घटना हमारे भले के लिए ही होती है, बशर्ते कि हम थोड़े धैर्यवान, जागरूक और कर्मठ बनें।

इस बात का पूरा भरोसा रखिए कि जो कुछ भी होता है अच्छे के लिए होता है। इस सन्दर्भ में उस राजा की कहानी उल्लेखनीय है, जिसकी अंगुली कट जाने पर उसके मन्त्री ने कहा था, जो कुछ होता है अच्छा होता है। ग़ुस्से में राजा ने मन्त्री को जेल में डलवा दिया, किन्तु बाद में राजा यह देखकर आश्चर्यचकित रह गया कि उसकी अंगुली का कटना वास्तव में अच्छा हुआ था।

हुआ यह कि राजा जो हमेशा अपने मन्त्री के साथ ही शिकार पर जाता था,

उस दिन अकेला ही शिकार पर गया। वहां जंगल में कुछ आदिवासियों ने उसे पकड़ लिया और उसकी बलि देने ही जा रहे थे कि राजा की कटी अंगुली पर उनकी निगाह पड़ी और उन्होंने उसे छोड़ दिया। तब राजा की समझ में आया कि उसकी अंगुली के कटने पर मन्त्री का 'अच्छा हुआ' कहना कितना सही था। यदि ऐसा नहीं हुआ होता तो जंगल में आदिवासी ज़रूर उसकी बलि चढ़ा देते। मन्त्री का जेल जाना भी अच्छा हुआ था, क्योंकि वह जेल नहीं जाता, तो राजा के साथ जाता और तब निश्चित था कि वही बलि चढ़ता! बाइबिल में कहा गया है : जब तुम नाना प्रकार की परीक्षाओं में पड़ो, तो इसको पूरे आनन्द की बात समझो, यह जानकर कि तुम्हारे विश्वास के परखे जाने से धीरज उत्पन्न होता है, धीरज को अपना पूरा काम करने दो कि तुम पूरे सिद्ध हो जाओ।

हो सकता है कि कोई सचमुच ऐसी परिस्थिति में फंस जाए कि संसार में बने रहना उसे एक़दम कष्टकारक हो। किन्तु ऐसी स्थिति में भी आत्महत्या से बचा जा सकता है। ऐसी स्थिति में शरीर छोड़ने के बजाय वह क्या संसार को नहीं छोड़ सकता? संसार यानी अपना समाज, अपना माहौल, अपनी परिस्थिति। हालांकि यह ऊपर से पलायनवादी दृष्टिकोण लगता है, किन्तु शरीर त्यागने के बजाय अपना संसार त्यागना, अपना शेष जीवन स्वार्थ के बन्धन से मुक्त होकर परोपकार के लिए, असहाय, बेसहारा, अनाथ लोगों के लिए समर्पित कर देना क्या आत्महत्या करने से अधिक अच्छा नहीं है? कुछ नहीं तो हिमालय की भव्य श्वेत चोटियों अथवा गहरी वादियों और हरे- घने जंगलों के क़रीब चले जाइए, तब पता चलेगा कि आपकी परेशानियां कितनी बौनी हैं। मुख्य चीज़ है स्वार्थ त्याग कर दूसरों में रुचि लेना, दूसरों से आत्मीयता जोड़ना, दूसरों के लिए जीना। यहां लेनिन के कुछ सुन्दर वाक्य स्मरणीय हैं : आदमी की सबसे प्यारी दौलत है ज़िन्दगी, लेकिन चूंकि यह आदमी को सिर्फ़ एक बार मिलती है, इसलिए उसे यह ज़िन्दगी इस तरह बिताना चाहिए कि उसको ओछेपन और बुजदिली से भरे हुए गुजरे जमाने की शर्म की तपन न हो। उसे इस तरह जीना चाहिए कि बरसों तक उसे ज़िन्दगी में लक्ष्य के अभाव की तकलीफ़ न हो, और उसे इस तरह रहना चाहिए कि मरते वक़्त वह कह

सके, 'मैंने अपनी सारी ज़िन्दगी, अपनी सारी ताक़त, दुनिया के सबसे बड़े आदर्श, मानवजाति की आज़ादी के लिए न्यौछावर कर दी।'

अन्त में :

> अन्धकार, तूफ़ान, भूख, दुर्घटना, मखौल और विरोध का सामना वैसे ही कसे जैसे पशु और पक्षी करते हैं।
>
> – वाल्ट व्हिइटमैन

> Our time is fixed, and all our days are numbered, how long how short, we know not – this we know. Duty requires we calmly wait the summon, nor dare to stir till heaven shall give permission.
>
> – *Robert Blair*

अन्धविश्वास

आज का युग वैज्ञानिक युग कहलाता है। निश्चय ही यह हमारे लिए सौभाग्य की बात है कि हम अन्धविश्वासों और पूर्वग्रहों से मुक्त होते जा रहे हैं। तथा वैज्ञानिक वातावरण में सांस ले रहे हैं। विज्ञान मानो हमारे हाथ में एक ज्योति है, जिसकी सहायता से हम सदियों पहले के अन्धकार को दूर कर नए संसार में पहुंचे हैं। आज हम उस व्यक्ति को मूर्ख समझते हैं, जो वैज्ञानिक तथ्यों की अवहेलना कर जादू-टोने, तन्त्र-मन्त्र में विश्वास रखता है और जो बिना सोचे-समझे पूर्वजों के बताए गए नियमों का पालन करता है। हमारे देश में इस प्रवृत्ति का निश्चय ही स्वागत है। अभी भी हमारे देश की एक बड़ी संख्या उसी आदिमकालीन अन्धकार में जी रही है, इसलिए यहां विज्ञान का प्रकाश फैलना निश्चय ही ज़रूरी है।

किन्तु एक प्रश्न अक्सर मेरे मन में उठता है कि हमारे पूर्वजों ने जिन सत्यों का साक्षात्कार किया था, उन्हें आज की विज्ञान की कसौटी पर न उन्होंने कसा था और न ही हम कस पाते हैं, पर क्या इसीलिए उन्हें अवैज्ञानिक कहकर तिरस्कृत किया जाए, कहीं ऐसा तो नहीं कि हम अपने पूर्वजों द्वारा प्राप्त सत्यों की अवहेलना कर रहे हों, जिनकी सत्यता की परख के लिए विज्ञान के पास कोई कसौटी ही न हो?

मुझे लगता है, सत्य यही है। सचमुच हमारे इस अति प्राचीन देश में

हमारे विद्वान पूर्वजों ने ज्ञान के ऐसे-ऐसे ऊंचे शिखरों पर चढ़ाई की है, जिस पर चढ़ने की विज्ञान आज सोच भी नहीं सकता, पर एक-न-एक दिन वह चढ़ेगा अवश्य, और तब वे ही सत्य, जिन्हें आज हम अवैज्ञानिक कहकर तिरस्कृत कर रहे हैं, कल वैज्ञानिक सत्य के रूप में स्थापित होंगे। ऐसा हुआ भी है। उदाहरण के लिए पौधों में प्राण होने की बात लीजिए। कुछ दशक पूर्व तक वैज्ञानिक हंसते थे कि कहीं पौधों में भी प्राण होते हैं! किन्तु आज विज्ञान की कसौटी पर खरे उतरने पर विज्ञान इसे सत्य मानता है। इतना ही नहीं अब तो वैज्ञानिक यह भी कहते हैं कि पौधे संगीत सुनते हैं, संगीत पसन्द करते हैं, इसीलिए संगीत सुनकर जल्दी बढ़ते देखे गए हैं। किन्तु यह सब हमारे लिए कोई नई बात नहीं है। हमारे पूर्वज तो इस बात को सदियों पूर्व से सत्य मानते आए हैं कि पौधों में भी प्राण होते हैं। जाने कितनी सदियों से हमारे देश की अनपढ़ माएं अपने बच्चों को सिखाती आ रही हैं कि पौधों को रात में मत छुओ, वे भी रात को सोते हैं। कल तक यह सब अन्धविश्वास की चीज़ थी, पर चूंकि आज विज्ञान ने इसे सत्य मान लिया है, अतः यह सत्य अन्धविश्वास की चीज़ नहीं रह गई है।

हमारे विद्वान पूर्वज वृक्षों और मनुष्यों में कहां तक समानता मानते थे, इस सन्दर्भ में बृहदारण्यक उपनिषद में वर्णित तुलना द्रष्टव्य है। यहां कहा गया है कि यथा वृक्षो वनस्पतिस्तथैव पुरुषोऽमृषा अर्थात 'वनस्पति वृक्ष जिन धर्मों से युक्त होता है, पुरुष का शरीर भी वैसा ही होता है।' यहां उल्लेखनीय है कि वनस्पतियों में भी जान होती है, इसे वैज्ञानिक विधि से सिद्ध करने वाला पहला वैज्ञानिक भारतीय ही था – सर जगदीशचन्द्र बसु।

अन्त में :

> Men are probably nearer the central truth in their superstitions than in their science.
>
> – *H.D. Thoreau*

असन्तोष

एक दिन एक धार्मिक अभिरुचि प्रदर्शित करने वाले नवयुवक से बातें हो रही थीं। बात-बात में पता चला कि क़रीब दो हज़ार रुपये वह नौकरी से कमा लेता है। मैंने पूछा, "क्यों, इतने से तुम्हारा काम चल जाता है? कहीं दूसरी नौकरी की तलाश क्यों नहीं करते?" इस पर वह बोला, "बस, तीन घंटे की ही नौकरी है, फिर सारा दिन आराम ही आराम। मैं तो सन्तोष को परम धर्म मानता हूं।" और वह अपने पक्ष में मानस की वे पंक्तियां उद्धृत करने लगा, जहां राम शबरी से अपनी नवधा भक्ति में से आठवीं का उल्लेख करते हुए कहते हैं आठव जथा लाभ सन्तोषा। उसकी बात का तो उस समय मैंने कोई जवाब नहीं दिया, किन्तु मुझे विचार का एक बिन्दु मिला कि क्या वास्तव में सन्तोष इतना क़ाबिले-तारीफ़ है? इसका सीधा मतलब तो यह भी हुआ कि असन्तोष हर दृष्टि से बुरा है? पर नहीं, बात मुझे जंची नहीं।

असन्तोष की भी अपनी महिमा है। यह असन्तोष ही तो है, जो हममें महत्वाकांक्षा जगाता है। एक सन्तुष्ट युवक कभी महत्वाकांक्षी नहीं हो सकता और बिना महत्वाकांक्षा के युवक युवक नहीं, वृद्ध प्रतीत होता है। यह महत्वाकांक्षी व्यक्ति ही होता है, जो जीवन के अनेकानेक क्षेत्र में नए-नए कीर्तिमान स्थापित करता है। जिस व्यक्ति ने यह मान लिया कि

अब मेरी प्राप्ति की सीमा समाप्त हो गई है, उसके लिए वह सीमा वास्तव में समाप्त हो जाती है, किन्तु जो यह सोचता है कि अभी तक जो मुझे मिला वह बहुत कम है, अभी मुझे बहुत कुछ पाना है...एक लम्बा रास्ता तय करना है, वह लगातार आगे बढ़ता जाता है। दो बहनों से मेरा परिचय है। हैं तो दोनों सगी बहनें, किन्तु दोनों के स्वभाव में ज़मीन-आसमान का अन्तर है। एक परीक्षा के समय हमेशा भगवान से कहती, हे भगवान! किसी तरह मुझे पास कर देना, बस। किसी तरह वह पास भी हो जाती। किन्तु दूसरी को पढ़ाई से, नए-नए ज्ञान का अर्जन करने से फुर्सत ही नहीं मिलती। हालांकि वह कक्षा में हमेशा अव्वल आती, किन्तु इस बात की वह कभी ख़ुशी नहीं मनाती। उसका हमेशा एक ही उद्देश्य होता, अधिकाधिक नम्बर लेना और अधिकाधिक ज्ञान का अर्जन करना। पढ़ाई पूरी कर लेने के बाद दोनों बहनों को नौकरी भी मिली। पहली अपनी नौकरी से परम सन्तुष्ट थी। उसने इसके लिए अपने भाग्य की सराहना की, किन्तु दूसरी ने अपनी नौकरी मजबूरी में ही स्वीकार की। वह एक भी दिन सन्तुष्ट नहीं रही। इसके बाद वह लगातार एक के बाद एक इंटरव्यू देती रही। आख़िर अब वह अपनी पसन्द की नौकरी में है, किन्तु फिर भी वह ख़ामोश नहीं है। यहां भी वहां आगे, और आगे बढ़ना चाहती है। कहने का मतलब यह कि जीवन में कुछ ख़ास हासिल करने के लिए, कुछ नए कीर्तिमान स्थापित करने के लिए, जो कुछ मिल गया उससे सन्तुष्ट होकर बैठने से काम नहीं चलता। इस सन्दर्भ में एक विद्वान का कथन उल्लेखनीय है : आप यदा-कदा ठोकर ख़ाकर नहीं गिरते, तो इसका सीधा–सा अर्थ है कि आप जोखिम नहीं उठा रहे। इसी प्रकार सुसमान का भी कहना है : यदि आप बुरी तरह गिरे नहीं हैं, तो सम्भव है कि आप किनारे खड़े हों और गिरने के डर से बहुत कम खतरे उठा रहे हों। कुछ ख़ास पाने के लिए गहरे में जाने की बात तो कबीर ने भी कही थी :

> जिन खोजा तिन पाइयां, गहरे पानी पैठ।
> मैं बपुरा बूड़न डरा रहा किनारे बैठ॥

हमारे प्राचीन ग्रन्थों में भी कई स्थानों पर ऐसे सन्तोष की निन्दा की गई है, जो आदमी को आलसी और अकर्मण्य बनाता है। महाभारत के उद्योगपर्व में कुन्ती विदुला के द्वारा अपने पुत्र की भर्त्सना में कहे गए शब्दों को युधिष्ठिर को सुनाती है, जो इस प्रकार हैं : अपनी अवमानना मत कर, अपने को थोड़े में ही सन्तुष्ट मत कर। हे कालपुरुष! उठ, हारकर इस तरह मत सो। छोटी नदी ही यह महसूस करती है कि वह बहुत भरी हुई है, छोटे चूहे की अंजलि ही ख़ूब पूरित हो जाती है। बहुत सन्तोष करने वाला कापुरुष होता है, वही थोड़े में ही सन्तुष्ट हो जाता है। मरने का खतरा हो तो भी पराक्रम कर। थोड़ी देर ख़ूब जलते हुए रहना अच्छा है, बहुत देर तक धुआंते रहना उचित नहीं है। इसी तरह महाभारत के ही अनुशासनपर्व में भीष्म युधिष्ठिर से स्वयं लक्ष्मी के शब्द में बतलाते हैं कि वह कहां रहती है, मैं हमेशा उस सौभाग्यशाली पुरुष के साथ रहती हूं, जो साहसी, चतुर तथा कर्मठ है। जो अपने से कोई मांग नहीं करते, जो स्वभाव से मुर्दादिल है, जो थोड़े में ही सन्तोष कर लेते हैं, मैं उनके साथ कभी नहीं रहती। उल्लेखनीय है कि हमारे यहां अर्थ और काम भी पुरुषार्थ माने गए हैं।

अक्सर हर देश एवं काल में ऐसे अनेक अपाहिज लोगों के उदाहरण मिलते हैं, जो ऐसे काम कर गुज़रते हैं, जिन्हें करने की कल्पना भी एक भला-चंगा व्यक्ति नहीं कर सकता। उनमें पनपता असन्तोष ही उनसे ऐसे काम करवाता है। अमेरिका के ग्लेन नामक बालक की कथा यहां उल्लेखनीय है। उसकी दोनों टांगें एक दुर्घटना में इस बुरी तरह जल गई थीं कि डॉक्टर ने कई महीने के इलाज के बाद अन्ततः घोषित कर दिया था कि यह बालक कभी अपने पैरों पर खड़ा नहीं हो सकेगा, किन्तु ग्लेन को यह बिल्कुल मंज़ूर नहीं था। नम्बर वन धावक बनने का अपना प्यारा सपना क्या वह यूं ही बिखर जाने देता? तब असह्य दर्द सहते हुए भी वह अपनी टांगों पर खड़ा हुआ, चला, दौड़ा और अपनी स्कूल की दौड़-प्रतियोगिता में प्रथम आया, किन्तु इतने से ही उसे सन्तोष नहीं हुआ। वह ओलम्पिक दौड़ में भी शामिल हुआ और सारी दुनिया आश्चर्य से देखती रह गई। भाग्य द्वारा अपंग बना दिया गया यह बालक अपने समय का प्रमुख धावक बना।

इस तरह के उदाहरण हर देश एवं हर काल में मिलते हैं, जहां लोग तक़दीर के दिए से सन्तुष्ट न रहकर कुछ ऊपर उठने की, कुछ श्रेष्ठ पाने की आशा में तक़दीर से लड़ते हुए आगे-ही-आगे बढ़ते गए हैं।

किन्तु एक बात है, महत्वाकांक्षा और असन्तोष की तारीफ़ करने का मतलब यह नहीं है कि लियो टॉल्सटॉय की एक बहुत प्रसिद्ध कहानी के चरित्र के समान हम और अधिक ज़मीन पाने की लालसा में दौड़ते ही चले जाएं और अन्ततः थककर इतने चूर हो जाएं कि मृत्यु की गोद में पहुंच जाए... और फिर हमारे लिए केवल दो गज़ ज़मीन ही काम आए! हमारी महत्वाकांक्षा केवल हमारी अपनी भौतिक उन्नति के लिए नहीं, बल्कि ऐसी उपलब्धि के लिए होनी चाहिए, जो मानवीय महत्व को ऊंचा उठाए, जो देश, समाज और मानवता के लाभ को बढ़ाने वाली हो तथा जो दूसरे मनुष्यों के लिए भी प्रेरणा बने। इसके साथ हमारी भौतिक उन्नति हो, हमें आत्मिक सन्तोष हो, तभी हमारी महत्वाकांक्षा, हमारा असन्तोष ठीक है।

अन्त में :

तू शाही है परवाज है तेरा काम
तेरे आगे आसमां और भी है।

– इक़बाल

आदमी को चाहिए वह जूझे
परिस्थितियों से लड़े,
एक स्वप्न टूटे तो दूसरा गढ़े।

– अटल बिहारी वाजपेयी

ईश्वरीय प्रेम

बात पुरानी है। उस दिन मन बड़ा उदास था। कुछ ऐसी घटना घटी थी कि सारा संसार बैरी लग रहा था। अपनों के दायरे का हर चेहरा बेगाना लग रहा था। प्रेम और सहानुभूति के लिए तरसते मन के लिए जैसे सारे दिलों के कपाट बन्द हो गए थे। बड़ी कठिन घड़ियां थीं। मन सोच रहा था कि शायद ऐसी ही घड़ियां होती हैं, जिससे परेशान होकर मनुष्य अपने को मृत्यु के हवाले कर देता है। शायद मेरी भी वही नियति होती, पर अचानक ही मुझे एक सम्बल मिल गया। यह सम्बल किसी के सहानुभूतिपूर्ण व्यवहार का नहीं था, न किसी महात्मा के आशीर्वाद का था और न ही किसी ज्योतिषी की अनुकूल भविष्यवाणी का था, फिर कैसा था वह सम्बल!

वह सम्बल था एक वाक्य का। अपने पड़ोसी के घर टंगी फूलों वाली तस्वीर के नीचे एक वाक्य पर मेरी निगाह गई थी। उस तस्वीर पर मोटे-मोटे अक्षरों से लिखे उस वाक्य ने देखते-ही-देखते मेरे मन में जादुई परिवर्तन किया था। वह वाक्य था – गॉड लव्ज़ यू अर्थात भगवान तुम्हें प्यार करता है। पहले तो काफ़ी देर तक मेरी नज़रें उस पर टिकी रहीं, फिर मेरे अन्दर बार- बार वही वाक्य गूंजने लगा, भगवान तुम्हें प्यार करता है, भगवान तुम्हें प्यार करता है। सचमुच तब मन को बड़ी तसल्ली मिली यह सोचकर कि कोई तो है, जो मुझसे प्यार करता है, जो मेरी चिन्ता करता

है, मुझसे सहानुभूति रखता है। निश्चय ही जो हमसे प्रेम करता है, वह हमारी चिन्ता करता है, हमसे सहानुभूति भी रखता है। तब मन ने सोचा, यदि प्रभु मुझसे प्रेम करता है, तब तो मेरी परेशानी व्यर्थ है, किन्तु क्या भगवान सचमुच मुझसे प्रेम करते हैं? नहीं-नहीं, मन सोचने लगा, ऐसा कैसे हो सकता है? मैंने तो कभी पूजा-अर्चना नहीं की, कभी देवालय की ओर क़दम नहीं बढ़ाए, कभी व्रत-उपवास में मन नहीं लगाया। सच कहूं, तो दुनिया के मालिक के प्रति मेरे मन में कभी श्रद्धा ही नहीं हुई! तब प्रभु क्योंकर मुझसे प्रेम करेंगे? मन क्षण-भर को यह सब सोचकर निराश हो गया, किन्तु फिर ख़याल आया कि ईश्वर तो परम कृपालु है। हम उसके लिए अपने हृदय का द्वार खोलें या न खोलें, पर वह हमारे लिए अपने हृदय के द्वार हमेशा खुले रखता है। जैसे, पानी जब बरसता है तब यह विचार नहीं करता कि मैं दुष्ट के खेत में न बरसूं, केवल सज्जन के खेत में बरसूं या सूर्य अपनी रोशनी बिखेरते समय यह नहीं देखता कि किसने मुझे अर्घ्य दिया है और किसने नहीं दिया है, ठीक इसी तरह ईश्वर की कृपा तो हर एक के लिए हर समय सुलभ रहती है। जैसे एक मां के लिए सभी बेटे बराबर होते हैं, उसी तरह हम सब ईश्वर के लिए बराबर हैं, उसके प्रेम के समान हक़दार हैं। अब यह तो हमारी कमअक्ली ही है कि हम उसकी कृपा को महसूस नहीं करते! देर केवल हमारे महसूस करने की है, अपनी आंखें खोलने की है, हमें चारों ओर इस कृपा का अमृत बरसता नज़र आएगा। अमृत-सागर में रहते हुए भी हम किस तरह प्यासे मरते हैं, परेशान होते हैं, यह देखकर तभी तो कबीर हंसकर बोल पड़े थे : पानी बिच मीन पियासी, रे मुझे देखत आवे हासी। पर मेरे दुष्ट मन ने फिर कुतर्क किया कि ईश्वर यदि मुझसे प्रेम करता है, तो उसने मुझे आख़िर क्यों इस विपत्ति में डाला? क्यों नहीं बांह पकड़कर उसने मुझे पहले ही उबार लिया, आख़िर क्यों उसने मुझे इतना दुःख दिया? तब सहसा अंधेरे में प्रकाश की किरण के समान मुझे एक महात्मा की वाणी याद आई : ईश्वर कभी–कभी हमारी आंखों को आंसुओं से धो देता है, ताकि हम आगे का रास्ता ठीक से देख सकें।

बात तो ठीक ही है। जैसे माता-पिता अपने बच्चों को ताड़ना इसलिए देते हैं, ताकि वे ग़लत मार्ग का त्याग कर सही मार्ग पर चल सकें, इसके पीछे वस्तुतः उनका प्रेम ही होता है। ठीक इसी तरह परमप्रेमी ईश्वर हमें कभी-कभी संकट में डालता है, ताकि हम अपनी ग़लती महसूस कर सही मार्ग का अवलम्बन ले सकें। बाइबिल में कहा गया है : जिस प्रकार बाप बेटे को दंड देता है, उसी प्रकार ईश्वर–पिता हमें देता है।

ईश्वर पर भरोसा करने वाले के विषय में बाइबिल में ईसा का सुन्दर कथन है : धन्य है वह मनुष्य, जिसने परमेश्वर का भरोसा किया और उसे अपना आधार माना। वह उस वृक्ष के समान है, जो नदी के तट पर लगा होने से कभी नहीं सूखता।

विपत्ति में डालने वाला ईश्वर होता है, तो बचाने वाला भी वही होता है, इस बात को क़ुरआन शरीफ़ में इन शब्दों में कहा गया है : अल्लाह तुझे किसी आपदा में डाले, तो स्वयं उसके सिवा और कोई नहीं, जो आपदा को टाल दे, और अगर वह तेरे हक़ में किसी भलाई का इरादा करे, तो उसके उदार अनुग्रह को फेरने वाला भी कोई नहीं।

पर हां, इस ईश्वरीय प्रेम को महसूस करने के लिए ईश्वर के प्रति श्रद्धा और विश्वास बहुत ज़रूरी है।

अन्त में :

एक माता की अपने बच्चे के प्रति जो करुणा होती है, अल्लाह अपने प्राणियों के प्रति उससे भी अधिक करुणा वाला है।

– कुरान

कोई ऐसी शक्ति ज़रूर है, जो हमें भ्रमों, दुःखों, विषाद और असफलता से छुटकारा दिलाती है तथा सही रास्ता दिखाती है।

– ए.पी.जे. अब्दुल कलाम

ईर्ष्या

आमतौर पर हम आग अथवा दूसरी जलाने वाली चीज़ों से बड़े सावधान रहते हैं, क्योंकि हम जानते हैं कि ये हमें जलाएंगी; और जलने से हम इसलिए भयभीत रहते हैं, क्योंकि हम जानते हैं कि जलने से बेहद तकलीफ़ होती है। किन्तु कभी-कभी हम बिना आग के भी तो जलते हैं, यहां भी वैसी ही जलन होती है, फ़र्क़ सिर्फ़ इतना होता है कि यहां तन नहीं, मन जलता है। संकेत यहां ईर्ष्या की ओर है। इस संसार में गिने-चुने महात्माओं को छोड़कर ईर्ष्या की आग से जल-भुनकर ख़ाक होने वाले भुक्तभोगी लगभग सभी मनुष्य हैं।

यहां हमें एक बात स्पष्ट जान लेनी चाहिए कि कुछ लोगों द्वारा लगाया गया यह आरोप बेबुनियाद है कि महिलाएं पुरुषों की तुलना में ज़्यादा ईर्ष्यालु होती हैं। नारी-पुरुष दोनों बराबर ही ईर्ष्यालु होते हैं। हां, बच्चे अवश्य इससे कुछ हद तक मुक्त होते हैं, यह बात दूसरी है कि परिवार के बड़े लोगों को ईर्ष्या में जलते देखकर वे भी इसके ताप को महसूस करना सीख जाते हैं।

किन्तु हम बड़े बेचारे भी क्या करें, कितनी तेज़ी से तो लेती है ईर्ष्या हमें अपने गिरफ़्त में! आश्चर्य, हम अपनी दुःखद स्थिति को भले ही हंसकर झेल लें, दूसरों का दुःख देखकर भले हमारी आंखें नम हो जाएं, पर कई

बार दूसरों का सुख हमसे सहा नहीं जाता। यही ईर्ष्या है, जो हमारे अच्छे-भले दिल में आग-सी लगा देती है। महाभारत से इस सम्बन्ध में एक रोचक प्रसंग उल्लेखनीय है। दुर्योधन इन्द्रप्रस्थ में युधिष्ठिर के राजसूय यज्ञ की भव्यता देखकर इतना ईर्ष्यालु हो जाता है कि उसे अपना जीवन ही भारी लगने लगता है और वह हस्तिनापुर लौटते वक़्त रास्ते में आत्महत्या का मन बना लेता है। इसके लिए वह तैयारी भी कर लेता है, और अपने मामा शकुनि को सब कुछ सच-सच बता देता है। तब शकुनि उसे समझाता है कि अब इसे पांडवों का भाग्य और उनका पुरुषार्थ मान लो, हमने तो उन्हें नुक़सान पहुंचाने में कोई क़सर नहीं छोड़ी। इस पर दुर्योधन कहता है, मैं यह सब जानता हूं, पांडव वीर हैं, उन्होंने अपनी मेहनत से यह वैभव प्राप्त किया है, पर मैं क्या करूं, यह ईर्ष्या जो मेरे दिल से निकलती ही नहीं! मैं बहुत चाहता हूं कि यह मेरे दिल में न आए, पर यह तो जैसे ज़बर्दस्ती प्रवेश करती है!

ईर्ष्या की एक विशेषता यह भी है कि यह अक्सर परिचितों के प्रति ही उत्पन्न होती है, अपरिचितों के प्रति नहीं। अनजान आदमी चाहे कितनी भी तरक़्क़ी क्यों न कर ले, हमें उससे कोई फ़र्क़ नहीं पड़ता, बल्कि हमें सच्ची ख़ुशी होती है, यदि उसकी तरक़्क़ी से देश या समाज का गौरव बढ़ता है, किन्तु अपने पड़ोसी, सहयोगी यहां तक कि कई बार नज़दीकी रिश्तेदार और पक्के दोस्त तक की अप्रत्याशित उन्नति हमारे सीने पर सांप बनकर लोटने लगती है। ईर्ष्या की यह जलन न केवल जी को जलाती है, बल्कि शरीर पर भी असर डालती है, अब जब मन में आग लगेगी, तो उसकी गर्मी तन को नुक़सान पहुंचाए बिना कैसे रहेगी? ईर्ष्या कैसे हमारे चेहरे को विद्रूप कर देती है, यह देखना हो तो ईर्ष्या होते ही आईने के सामने जाकर खड़े हो जाइए। सन्त क्रिस्तोमस का कहना ग़लत नहीं है कि जैसे कीड़े वस्त्र को कुतर–कुतरकर तार-तार कर देते हैं, वैसे ही ईर्ष्या हमारे दिल को कुतरकर खोखला कर देती है।

ईर्ष्यालु आदमी कभी सुखी नहीं रहता। जेम्स एलन कहते हैं : कटु

भावनाएं और सुख कभी एक साथ नहीं रह सकते। ईर्ष्या एक भयानक आग है, जो व्यक्ति के हृदय को जलाकर राख कर देती है और उसकी शान्ति और सुख के कोमल कुसुमों को झुलसा डालती है। वह जहां जाती है, वहां का कोना-कोना नरक बन जाता है। ईर्ष्या से होने वाली हानि के सम्बन्ध में एक अन्य विद्वान का कथन भी देखने योग्य है : ईर्ष्या और क्रोध से हमें जितनी हानि होती है, उतनी बहुत ज़्यादा सिगरेट पीने और चिन्ता करने से भी नहीं होती। ईर्ष्या रूपी शत्रु को स्थान देने से दिमाग़ का ढांचा ही बदल जाता है। जब इसका दिमाग़ पर अधिकार हो जाता है, तो मनुष्य की याददाश्त, धैर्य और रचनात्मक शक्ति लुप्त हो जाती है।

यहां प्रश्न उठता है कि क्या हम किसी तरह ईर्ष्या से बच सकते हैं? काम कठिन तो है, पर असम्भव नहीं। इसके लिए प्रसिद्ध विद्वान रसैल ने एक तरीक़ा बताया है। वे कहते हैं : ईर्ष्या हममें इसलिए उत्पन्न होती है, क्योंकि हम सोचते हैं कि दूसरा हमसे ज़्यादा लाभ कमा रहा है। हो सकता है बात ठीक हो। किन्तु कई ऐसे मामले भी तो हो सकते हैं, जहां दूसरे की तुलना में हम अधिक लाभदायक स्थिति में होते हैं। जैसे, हो सकता है, उसकी तुलना में हमारी पारिवारिक जिम्मेदारी कम हो, हमारा अपना घर हो, चरित्रवान परिवार हो, स्थायी नौकरी हो आदि-आदि। यह वास्तविकता है कि जिससे हम ईर्ष्या करते हैं, उसकी तुलना में कुछ-न-कुछ श्रेष्ठ हमारे पास अवश्य होता है। यदि हम उसकी तुलना में अपने पास मौजूद श्रेष्ठ चीजों पर ध्यान केन्द्रित करें, तो उसके प्रति हमारे मन की ईर्ष्या काफ़ी हद तक मिट सकती है।

निश्चय ही ईर्ष्या को कम करने का यह तरीक़ा व्यावहारिक दृष्टि से अच्छा है, किन्तु मेरी समझ में यह कोई श्रेष्ठ तरीक़ा नहीं है। हम सब जानते हैं कि सभी धर्म प्रेम, भाईचारे और सहानुभूति की भावना पर ज़ोर देते हैं। इस भावना का विकास अपने मन में करने से निश्चय ही हमारे मन की ईर्ष्या कम होगी। हम जिससे प्रेम करते हैं, उससे ईर्ष्या नहीं करते। भला अपने बच्चे की उन्नति से कोई ईर्ष्या करता है, बल्कि हर कोई अपने

बच्चों को अपने से आगे बढ़ते देखना चाहता है। जिस तरह हमें अपने परिवार से प्रेम होता है, उसी तरह यदि मानवमात्र से हो तो भला किसकी उन्नति देखकर हमें ईर्ष्या होगी? इसलिए ईर्ष्या की भयानक आग से बचने के लिए मानवमात्र के प्रति प्रेम की भावना, उसकी उन्नति की हार्दिक इच्छा का हमारे दिलों में होना आवश्यक है।

इसके अलावा ईर्ष्या को कम करने के लिए हम यह भी सोच सकते हैं कि जैसे हम ईश्वर की सन्तान हैं, वैसे दूसरे भी हैं, जैसे हमारे मन में इच्छाएं होती हैं, वैसे दूसरों के मन में भी होती हैं, जैसे हम सुख और यश की कामना करते हैं वैसे ही दूसरे भी करते हैं, अतः हम ही क्यों हमेशा सुख में रहें, फ़ायदे में रहें, सुख का कुछ भाग यदि उसे मिल रहा है तो बुरा क्या है? अतः वैदिक ऋषि के साथ प्रार्थना कीजिए : सर्वे भवन्तु सुखिनः सर्वे सन्तु निरामयः अर्थात सभी लोग सुखी हों, सभी लोग दुःख-रहित हों।

अन्त में एक व्यावहारिक बात और है, वैसे तो हमने ईर्ष्य की काफ़ी बुराई ऊपर कर ली है, किन्तु यह एक़दम ही बुरी नहीं होती, कभी-कभी फ़ायदा भी पहुंचाती है। जैसे, अपने किसी साथी की सफलता से होने वाली ईर्ष्या उतनी बुरी नहीं होती। भोजन में नमक के समान इसकी उपस्थिति जीवन को क्रियाशील एवं उन्नत बना सकती है, उसके समान आगे बढ़ने को यह हमें प्रेरित कर सकती है। पर हां, सावधान, दिल को जलाकर यह जो दिल पर चोट करती है, उससे बचिए, कहीं ऐसा न हो कि यह आपके दिल के दौरे का कारण बन जाए!

अन्त में :

ओ जलने वाले दुश्मन! तुझे इस दुःख से तभी छुटकारा मिल सकता है, जब तू मर जाए। मौत के अलावा तुझे कोई इस दुःख से मुक्त नहीं करा सकता।

– शेख़ सादी

उत्साह

'सफलता' निश्चय ही एक बड़ा आकर्षक शब्द है। इसका नाम लेते ही मानो सतरंगी धनुष आंखों के आगे तैरने लगता है। पर जितना सहज और सुघड़ सफलता शब्द का उच्चारण है, उतनी ही कठिन और दुर्गम वह मंज़िल है, जहां सफलता की देवी विराजमान रहती है। बड़ी कठोर तपस्या करनी पड़ती है, वहां पहुंचने के लिए।

किन्तु कई बार ऐसा भी तो होता है कि कठोर तपस्या करने के बाद भी हम इस देवी के दर्शन नहीं कर पाते हैं। तब निराश होकर हम अपनी ज़िन्दगी को या तो नासूर बना लेते हैं या आत्मघात कर ज़िन्दगी को नष्ट करने का प्रयास करते हैं या फिर भाग्य पर सब-कुछ छोड़कर अपनी मंज़िल का ख़याल अपने दिमाग़ से निकालकर, जहां थे वहीं रह जाते हैं।

सच तो यह है कि हज़ारों में से एकाध ही वहां पहुंचता है, जहां पहुंचने के लिए उसने क़दम बढ़ाए थे। अधिकांश की नियति तो असफलता की ही होती है। तभी तो हमारे चारों ओर बुझे हुए चेहरों की भरमार दिखाई देती है।

ऐसे असफल निराश लोगों को यदि कोई ऐसा देवता मिल जाए, जो उनके पैरों में फिर से गति भर दे, जो उनके सर्द पड़ते ख़ून को फिर से गरम कर दे, जो उनके निराश अन्धकारयुक्त दिलों में आशा की किरणें पहुंचा दे, तो कैसा रहे?

अथर्ववेद के चौथे अध्याय का इकत्तीसवां और बत्तीसवां सूक्त मन्यू नामक देव को समर्पित है। मन्यू का अर्थ होता है – उत्साह। उत्साह को सम्बोधित करते हुए यहां क्या ख़ूब कहा गया है, हे मरुत्वन् मन्योः अर्थात हे मरने की अवस्था में भी जी उठने की प्रेरणा देने वाले उत्साह! यहां उत्साह को एक ऐसा प्रेरक देवता माना गया है, जो हममें प्रेरकशक्ति और सृजनशक्ति भरता है, जो हमें अग्नि के समान तेजस्वी और इन्द्र के समान ऐश्वर्यवान बनाता है। यह उत्साह ही तो है, जो हमारे शत्रुओं को पराजित करता है तथा हमें सत्कार के योग्य बनाता है। इसी उत्साह की प्रशंसा सभी मनुष्य करते हैं।

यहां यह भी कहा गया है कि राष्ट्र में प्रत्येक मनुष्य को ऐसी शिक्षा देनी चाहिए, जिससे वह अपने जीवन-युद्ध में निश्चय ही विजय की प्राप्ति करे और कभी निराशा के कीचड़ में न फंसे। दूसरे सूक्त में निरुत्साह की निन्दा की गई है। यहां कहा गया है कि उत्साही के लिए जहां कुछ भी असम्भव नहीं होता, वहां निरुत्साही के लिए जगत में कुछ भी सम्भावना नहीं होती। सच तो यह है कि निरुत्साह का थोड़ा भी अंश मन को मलिन कर देता है। उत्साह के घट जाने से बल भी कम हो जाता है, बल के कम होने से पुरुषार्थ शक्ति कम होती है, जिससे व्यक्ति का भाग्य नष्ट हो जाता है।

उत्साह का देव हमारे साथ सदा रहे, इसके लिए एक वैदिक ऋषि प्रार्थना करता है –

हे उत्साह देव! हमारे दाहिनी ओर साथ-साथ रह। हमारे समस्त प्रतिबन्धों को अर्थात कठिनाइयों को मिटा दे। तेरे मधुर रस को मैं स्वीकार करता हूं। हम दोनों एकान्त में सबसे पहले उसका पान करें।

किन्तु उत्साह कोई ऐसा देव नहीं है, जिसे पूजने के लिए हमें किसी मन्दिर में जाना होगा या जिसकी मूर्ति स्थापित करनी होगी, क्योंकि यह कहीं बाहर नहीं हमारे भीतर ही रहता है। हमें बस इसका आह्वान करना होता है। हालांकि यह सत्य है कि दूसरों के प्रेरक शब्दों से हमारे दिलों के बुझते हुए दीयों को जैसे एक नई लौ मिल जाती है, किन्तु अक्सर हम ऐसे-ऐसे लोगों से घिरे रहते

हैं, जो हमारा उत्साह बढ़ाना तो दूर, ईर्ष्यवश या फिर मूर्खतावश तरह-तरह से छींटाकशी कर हमारे उत्साह को ठंडा ही करते रहते हैं, पर इससे हमें निराश होने या कुढ़ने की ज़रूरत नहीं है। ऐसी स्थिति में हमें स्वयं अपना उत्साह बढ़ाना चाहिए। सच तो यह है कि हमें ख़ुद ही अपना रास्ता ढूंढ़ना होता है, अपनी मंज़िल का सफ़र भी ख़ुद ही तय करना होता है। इसलिए आशावादी बनकर हमें स्वयं ही आगे बढ़कर स्वयं को प्रेरित करना चाहिए। हां, महापुरुषों की जीवनी एवं विद्वानों के प्रेरणादायी शब्दों का सम्बल हमें इस सफ़र में ज़रूर लाभ पहुंचा सकता है।

अन्त में :

कौन कहता है कि आकाश में सुराग नहीं हो सकता
एक पत्थर तो तबीयत से उछालो यारो

एक दरिया है यहां दूर तक फैला हुआ
आज अपने बाजुओं को देख पतवारें न देख

– दुष्यन्त कुमार

ज़िन्दगी जिन्दादिली का नाम है
मुर्दादिल क्या ख़ाक जिया करते हैं।

– नासिख़

कर्मफल

कर्मफल के सम्बन्ध में एक प्राचीन हिन्दू धारणा है कि अपने किए हुए कर्मों का फल मनुष्य को ज़रूर मिलता है। जहां अच्छे कर्मों का अच्छा फल उसे मिलता है, वहां बुरे कर्मों का बुरा फल भी उसे भोगना पड़ता है। हिन्दू धर्म के इस विचार को हम एक प्रकार का नैतिक अंकुश कह सकते हैं, जो मनुष्य को अच्छाई पर चलने तथा बुराई से बचने को प्रेरित करता है। प्रसिद्ध जर्मन विद्वान मैक्समूलर, जो हिन्दू धर्म के बड़े प्रशंसक थे, इसकी सुन्दर व्याख्या करते हुए कहते हैं : इससे व्यक्ति को दुःख बर्दाश्त करने का सम्बल मिलता है, क्योंकि इसे व्यक्ति अपना क़र्ज़ समझता है, जिसे अतीत में उसने अपने दुष्कर्मों द्वारा संचित किया था, दूसरी ओर इससे वह भविष्य में अच्छे कर्म करने को प्रेरित भी होता है।

आमतौर पर लोगों को कर्मफल का यह सिद्धान्त अविश्वसनीय लगता है। लोग अपने चारों ओर घटने वाली घटनाओं को देखकर इस जन्म में ही कर्मफल के समुचित वितरण पर विश्वास नहीं करते हैं, तब इसे अगले जन्म में सत्य स्वीकार करना तो उनके लिए और भी कठिन हो जाता है। सोचो तो बात ठीक भी लगती है। विशेषकर आज के युग में तो हमें यही दिखता है कि भ्रष्टाचार एवं अनैतिकता में लिप्त व्यक्ति ज़्यादा सुखी एवं सम्पन्न है, जब कि नैतिकता के पथ पर चलने वाले को भारी कष्ट उठाना पड़ता है। यही सब देखकर लोग कर्मफल के विचार पर अविश्वास करते

हुए विपरीत आचरण करते हैं। किन्तु थोड़ी गम्भीर एवं सूक्ष्म दृष्टि से यदि हम अवलोकन करें, तो पाएंगे कि व्यक्ति अपने कर्मों का समुचित फल ज़रूर पाता है। भले ही यह फल तुरन्त न मिले पर मिलता ज़रूर है।

प्रकृति भी बीज बोते ही तुरन्त फल नहीं देती, देर तो वहां भी होती है। जब प्रकृति में ऐसा हो सकता है तब जीवन में ऐसा क्यों नहीं हो सकता? कहने का मतलब कि अपने कर्मों का फल हमें भले देर से मिले, पर मिलता ज़रूर है और कभी-कभी तो ऐसे रूप में मिलता है कि उसे पहचानना कठिन होता है। इस सम्बन्ध में एक सुन्दर नैतिक कथा याद आती है :

एक सेठ जी थे। भाग्यदेवता उन पर बड़े प्रसन्न दिखते थे। लक्ष्मी की कृपा तो उन पर थी ही, सुघड़ पत्नी तथा सर्वगुण-सम्पन्न पुत्र भी उनके पारिवारिक जीवन को सन्तुष्ट बनाए हुए थे। पुत्र इकलौता था। वह चाहते थे कि उसका ब्याह कर अपने वंशवृक्ष को बढ़ते देख लें, तो जीवन सफल हो जाए। यही उनके जीवन की आख़िरी इच्छा थी। पर यह क्या? उनका हर तरह से निरोग पुत्र एक बार ऐसा बीमार पड़ा कि सेठ जी का सारा चैन-आराम उड़ गया। वह पानी की तरह पैसा बहाने लगे। वैद्यों की क़तार उनकी कोठी के सामने लगी रहने लगी, पर कोई समझ नहीं पाया कि आख़िर बीमारी क्या है? अपनी ओर से पुत्र कुछ नहीं कहता था। सेठ जी अपने प्राणों के मूल्य पर भी अपने बेटे को बचाना चाहते थे। बहुत से देवी-देवता, साधु-सन्तों तथा चमत्कारी बाबाओं की भी शरण ली, पर सब बेकार! आख़िर सबने जवाब दे दिया। सेठ जी को अपनी निकट आई मृत्यु भी उतना विचलित नहीं करती, जितना पुत्र की कर रही थी। किन्तु पुत्र उदासीन था। कहीं से नहीं लगता था कि उसे जीवन समाप्त होने का कोई दुःख है।

एक सुनसान रात्रि में उन्होंने देखा कि पुत्र उनकी ओर टकटकी लगाए देख रहा है। तब बड़ी मायूसी से उसका हाथ अपने हाथ में लेकर सेठ जी रो पड़े। रोते-रोते ही उन्होंने पूछा, क्या बात है बेटा? आख़िर तुम्हें क्या

कष्ट है? बताते क्यों नहीं? तुम्हारे मन में क्या है, कुछ तो कहो? तुम तो जानते हो, मैं तुम्हारी हर इच्छा पूरी कर सकता हूं। कितने नाज़ों से मैंने तुम्हें पाला है। क्या तुम भूल गए? लगता है तुम ख़ुद जीना नहीं चाहते हो। अब मुझे भी लग रहा है कि मैं तुम्हें नहीं बचा पाऊंगा, पर क्या इस अन्तिम बेला में भी तुम अपने मन की बात मुझसे नहीं कहोगे? पिता के इन हृदय-विदारक शब्दों को सुनकर पुत्र कुछ देर उनकी ओर उदासीन भाव से देखता रहा, फिर बोला, "पिताजी, मैं चला, पर क्या अभी भी आपने मुझे नहीं पहचाना? ज़रा मेरी आंखों में झांककर तो देखो?

पुत्र की बात सुनकर सेठ जी ने जैसे ही उसकी आंखों में झांका, उन्हें लगा, मानो सारा ब्रह्मांड घूम रहा हो। पर ऐसा क्या देख लिया था सेठ जी ने पुत्र की आंखों में? वस्तुतः वहां उन्हें अपने उस मृत मित्र का चेहरा दिखा था, जिसकी क़रीब पच्चीस साल पहले उन्होंने धन के लालच में हत्या कर दी थी। हुआ यह था कि अपनी युवावस्था में सेठ जी अपने उस मित्र के साथ धन कमाकर लौट रहे थे। रास्ते में अचानक ही उनके दिमाग़ में यह शैतानी विचार आया कि यह मित्र रास्ते में ही मर जाए, तो सारे धन के मालिक वह अकेले ही बन जाएंगे। तब मौक़ा देखकर उन्होंने सचमुच अपने मित्र का काम तमाम कर दिया और शहर जाकर सारे धन को व्यापार में लगाकर अथाह सम्पत्ति के मालिक बन बैठे। हालांकि कभी-कभी उन्हें अपना पाप याद आता था, पर वे बलात उस बात को दिमाग़ से निकाल देते थे।

अब ज़रा आप कल्पना कीजिए कि पुत्र की मृत्यु के बाद अथाह सम्पत्ति के मालिक सेठ जी की क्या दशा हुई होगी?

यदि हम अपने दुर्भाग्यों का विश्लेषण करें, तो उनका कारण आसानी से अपने पूर्वकृत्यों में खोज सकते हैं। संसार में हमारे जीवन से सम्बन्धित अकारण कुछ भी नहीं घटित होता। सब-कुछ बंधे-बंधाए नियम के अनुसार ही तो घटित होता है और यह नियम है। हमारे कर्मफल के अनिवार्य रूप से मिलने का नियम। वेदों में इसे ही कृत का नियम कहा गया

है। यहां कहा गया है जैसे मनुष्य अपनी छाया नहीं लांघ सकता, वैसे ही मनुष्य संसार में इस नियम के कारण अपने कर्मफल से नहीं बच सकता।

उल्लेखनीय है कि कर्मफल के अनिवार्य रूप से मिलने की बात केवल हिन्दू धर्म में ही नहीं, बल्कि सभी धर्मों में मान्य है। हां, इस मान्यता के स्वरूप में थोड़ा अन्तर ज़रूर है। जैसे इस्लाम और ईसाई धर्म में पुनर्जन्म की कल्पना नहीं है, अतः वहां हिन्दू धर्म के समान यह मान्यता आवश्यक नहीं है कि अगले जन्म में भी कर्मफल हमारे साथ लगे रहते हैं, किन्तु ईश्वर हमें हमारे कर्मों का समुचित फल अवश्य देते हैं, यह वे भी स्वीकार करते हैं। क़ुरआन शरीफ़ की उक्ति है : हर व्यक्ति ने जो कमाई की है, उसका फल उसी के लिए है और उसने जो बुराई समेटी है, उसकी आपदा उसी पर है। ओल्ड टेस्टामेंट में राजा सालोमन की उक्ति है : मनुष्य की अपनी मूर्खता उसका सत्यानाश करती है, किन्तु वह प्रभु के विरुद्ध बड़बड़ाता है। ये धर्म यह भी मानते हैं कि अन्तिम न्याय के दिन अर्थात क़यामत के दिन हमारे इस जीवन के कर्मों के अनुसार ही हमें स्वर्ग या नरक मिलेगा अर्थात प्रकारान्तर से ये धर्म भी मृत्यु उपरान्त कर्मफल का बना रहना मानते हैं। ईसाइयों के धर्मग्रन्थ न्यू टेस्टामेंट में एक स्थान पर ईसा कहते हैं : जिस तरह चरवाहा मेढ़ों और बकरियों को अलग-अलग करता है, उसी तरह मानव-पुत्र 'ईसा' न्याय के दिन अच्छे और बुरे लोगों को अलग-अलग करेगा और दाएं खड़े लोगों अर्थात अच्छे लोगों को स्वर्ग का अर्थात परमेश्वर के राज्य का अधिकारी बनाएगा, जब कि बाएं खड़े 'बुरे' लोगों को परमेश्वर के राज्य में प्रवेश नहीं मिलेगा। कुरान में कहा गया है : यह ज़िन्दगी तो अगली ज़िन्दगी की खेती है, इसलिए भला करो ताकि वहां उसे काट सको।

बौद्ध और जैन धर्म में भी कर्मफल की धारणा है, किन्तु यह धारणा अन्य धर्मों से इस मायने में भिन्न है कि यहां कोई ईश्वर नहीं है, जो हमारे कर्मफलों का समुचित बंटवारा करता हो तथा हमें हमारे दुष्फलों को स्वीकारने को बाध्य करता हो। किन्तु फिर भी यहां कर्मफलों का अनिवार्य रूप से मिलना स्वीकार किया गया है। कर्मफलों को इतना शक्तिशाली माना गया है कि वे बिना

ईश्वरीय सहायता के भी अनिवार्य रूप से मिलते हैं। केवल इस जन्म में ही नहीं, बुद्ध कहते हैं कि अगले जन्म में भी ये हमारे साथ लगे रहते हैं, अतः हमें प्रत्येक कर्म बहुत सोच-विचार कर करना चाहिए। महाभारत में भी कर्मफलों को अत्यन्त शक्तिशाली बताया गया है। विदुर कहते हैं : जैसे हज़ारों गायों के बीच बछड़ा अपनी माता को ढूंढ़ लेता है, उसी तरह पहले किया हुआ कर्म भी कर्ता को पहचानकर उसका अनुसरण करता है। जैसे फूल और फल किसी की प्रेरणा के न होने पर भी समय का उल्लंघन नहीं करते, उसी प्रकार पहले किए हुए कर्म भी भाग्य का उल्लंघन नहीं करते, ठीक समय पर फलने-फूलने लगते हैं। लोक में कहा भी गया है : आम खाना हो तो आम ही बोएं, बोया पेड़ बबूल का आम कहां से होय। उल्लेखनीय है कि प्रसिद्ध जर्मन दार्शनिक कांट ने भी कर्मफल के अनिवार्य रूप से मिलने की बात की थी।

अन्त में :

कर्म प्रधान विश्व कर राखा। जो जस करहिं सो तस फल चाखा॥
कोउ न कोउ सुख-दुःख कर दाता। निंज-निज कर्म अनुहरत सब भ्राता॥

– तुलसीदास

हमाम गर्म कर ले ग़रीब का झोंपड़ा जलाकर
क़रीब है यार रोजे-महशर[1]

– दाग़

न आकाश में, न समुद्र के मध्य में, न पर्वत की गुफाओं में प्रवेश कर, संसार में ऐसा कोई स्थान नहीं है, जहां पाप कर्मों से मनुष्य बच सके।

– धम्मपद

1. कयामत का दिन।

घमंड

घमंड, यह एक ऐसा शब्द है जिसका उच्चारण करते ही एक़दम तना हुआ चेहरा, उठी हुई भौंहें, टेढ़ी चाल एवं अतिशयोक्ति से भरे वचन, जहां केवल 'मैं' का गुणगान रहता है, कहने वाले का चेहरा घूम जाता है। वैसे तो हर व्यक्ति में यह गुण कमोबेश विद्यमान रहता है, अपनी जात-बिरादरी, नाते-रिश्ते, परिचितों के सामने वह इसका प्रदर्शन भी करता रहता है और अक्सर इस कारण हंसी का पात्र बनता है, किन्तु यह ख़तरनाक तब बनता है, जब वह घमंड में भरकर दूसरों का अपमान-अनादर करने लगता है, उन्हें हिकारत की नज़रों से देखने लगता है या फिर दुष्टता से भरकर जुल्म करना शुरू करता है। घमंड से फूलकर कुप्पा हुए ऐसे लोग दुनिया में कम नहीं हुए हैं, जिन्होंने अपने को ख़ुदा मानकर ख़ून की नदियां तक बहाई हैं।

घमंड, अहंकार और मद एक तरह से पर्यायवाची शब्द हैं। अहंकार से ही घमंड पैदा होता है। अहंकार अपने अहं के प्रति अर्थात स्व के प्रति अति प्रेम से उत्पन्न होता है, जहां स्व के सिवा और कुछ नज़र नहीं आता, आता भी है तो बहुत छोटा, एक़दम बौना। किन्तु वास्तव में तो हमारा यह अहंकार स्वयं बड़ा बौना होता है।

हमारा घमंड कितना तुच्छ होता है, इसकी सुन्दर विवेचना रजनीश ने एक कथा के माध्यम से की है। भगवान जगन्नाथ की रथयात्रा जा रही

थी। हज़ारों लोग भगवान को दंडवत प्रणाम कर रहे थे। एक कुत्ता भी रथ के आगे-आगे चल रहा था। अचानक उसकी चाल बदल गई। अब वह अकड़कर चलने लगा। कुत्ते में यह बदलाव इस सोच से आया कि हज़ारों लोग मुझे प्रणाम कर रहे हैं। अचानक उसने पीछे घूमकर देखा, उसके पीछे भगवान का रथ चल रहा था, उसका अहंकार और भी बढ़ गया। मेरे पीछे स्वयं भगवान चल रहे हैं! अहंकार में नमक-मिर्च लगाने को इतना बहुत है। ऐसा ही हाल हम सबका होता है।

किसी पद को पाकर व्यक्ति का अहंकार देखते ही बनता है। लोगों की जी-हुज़ूरी और सलामी मानों उसके पैरों को ज़मीन से गज़-भर ऊंचा उठा देती है, किन्तु वह यह सोच नहीं पाता कि लोग यह सब उसे नहीं, उसकी कुर्सी, उसके पद को कर रहे हैं। कल को कुर्सी नहीं रहेगी (और नहीं ही रहती, क्योंकि सत्य यही है) तब भी क्या लोग ऐसे ही उसके आगे-पीछे डोलेंगे? आज में जीना अच्छी बात है, पर कल की स्थिति पर भी समझदार की नज़र होनी चाहिए। जब उम्र निकल जाने पर बच्चे माता-पिता को नहीं पूछते, तो फिर पद के अभाव में कोई किसे क्या पूछेगा? पद तो ख़ैर नहीं ही रहता; रूप और यौवन भी कहां किसका हमेशा बना रहता है, जिस पर आदमी इतना घमंड करता है। हां, आपमें कोई विशेष प्रतिभा है, तो वह अवश्य रूप और यौवन की मोहताज नहीं होती। उसकी बिना पर आप अवश्य हमेशा लोगों का सम्मान एवं धन-दौलत या रुतबा भी प्राप्त कर सकते हैं, किन्तु ऐसे लोगों को भी घमंड से दूर ही रहना चाहिए।

रावण में बहुत गुण थे, बहुत प्रतिभावान था वह, बलवान तो था ही, ज्ञानी भी था, पर एक घमंड के कारण ही उसकी स्वर्ण-नगरी जलकर ख़ाक हो गई। कितना समझाया उसे उसकी पत्नी मन्दोदरी, भाई विभीषण और नाना माल्यवन्त ने, किन्तु देवताओं को भी जीतने वाला रावण घमंड में इस कदर चर हो गया था कि उसे सबकी शिक्षा कड़वी लगती थी। यही हाल दुर्योधन का भी था। महाभारत में अनेकानेक कथाओं के माध्यम से घमंड का दुष्परिणाम बताया गया है।

एक कथा राजा ययाति की भी है। अन्तिम अवस्था में उन्होंने संन्यास ले लिया और इतनी तपस्या की कि उन्हें सदेह ही स्वर्ग में प्रवेश मिल गया। अपनी इस उपलब्धि का उन्हें घमंड हो गया, किन्तु शीघ्र ही उन्हें इसका दुष्परिणाम भुगतना पड़ा। हुआ यूं कि स्वर्ग में किसी देवता ने उन्हें सदेह स्वर्ग में पहुंचने पर बधाई दी, इस पर उन्होंने अकड़ते हुए इसका श्रेय अपनी कठोर तपस्या को दिया, किन्तु जैसे ही उन्होंने यह कहा, उन्हें तुरन्त स्वर्ग से पृथ्वीलोक फेंक दिया गया।

एक और बात, घमंड के साथ अन्य दुर्गुण भी पनपते हैं, जैसे ईर्ष्या, लोभ, स्वार्थपरता, क्रोध आदि। रावण और दुर्योधन में ये सारे दुर्गुण इसी घमंड के कारण आए थे। इसलिए घमंड को अपने से दूर ही रखना चाहिए, अन्यथा नतीजा बुरा होता है।

सच बात तो यह है कि संसार में जन्म लेने वाला हर जीव नश्वर होता है। संसार उसके लिए एक सराय के समान ही होता है। यदि यहां उसे कुछ विशेष मिला है, तो इसमें उसका कम उसके स्रष्टा का योगदान अधिक होता है, तब कोई किस बात का घमंड कर सकता है? सभी महापुरुषों की जीवनियां बताती हैं कि उन्होंने अपनी महानता पर कभी घमंड नहीं किया।

अन्त में :

धुआं आसमान से और राख पृथ्वी से शेखी बघारती है कि वे अग्नि- वंश के हैं।

– अज्ञात

दो दिन की ज़िन्दगी पे न इतना उछल के चल।
दुनिया है चल–चलाव की, रस्ता संभल के चल॥

– रंग

ज्ञान

ग्रीक दार्शनिक सुकरात को उसकी जीवितावस्था में ही एथेन्स का सर्वाधिक ज्ञानी व्यक्ति कहा जाता था, हालांकि वह अपने-आप को ऐसा समझता नहीं था और इस बात का खंडन भी करता था। किन्तु फिर भी सुकरात की कही हुई प्रत्येक बात वहां के युवक बड़े ध्यान से सुनते थे और सम्मोहित से उसके पीछे चलते थे। किन्तु एक बात जो वह सद्गुण के सम्बन्ध में कहता था, वह लम्बे समय तक या कहना चाहिए आज तक विवादास्पद है।

सुकरात कहा करता था कि सद्गुण ज्ञान है। इसका मतलब यह हुआ कि यदि हम ज्ञानी हैं, तो सद्गुणी बन जाएंगे। दूसरे शब्दों में, यदि हमें अच्छा बनना है, तो ज्ञानी बनना होगा। इतना ही नहीं सुकरात इसे उलटकर भी कहता था कि दुर्गुण अज्ञान है। यानी सारी बुराइयों की जड़ अज्ञान ही है। दूसरे शब्दों में, यदि कोई बुरा है तो यह उसकी नासमझी है, उसका अज्ञान है।

जहां तक सुकरात की दूसरी बात है कि मनुष्य अज्ञानवश बुरा काम करता है, का समर्थन किया जा सकता है, पर यह कहना कि जो लोग ज्ञानी होते हैं, वे सद्गुणी भी होते हैं, अर्थात ग़लत काम नहीं करते, हमारे अनुभव के विपरीत लगता है। हम स्वयं अपने आसपास और अपने भीतर भी झांककर देख सकते हैं कि अक्सर ग़लत काम जानबूझकर अर्थात

ज्ञानपूर्वक ही किए जाते हैं। क्या एक चोर यह नहीं जानता कि चोरी करना ग़लत काम है? फिर वह चोरी क्यों करता है? समझ-बूझकर किए गए कृत्यों से भी व्यक्ति न केवल दूसरों को नुक़सान पहुंचाता है, वरन स्वयं भी नुक़सान उठाता है। एक शराबी शराब पीने के दुर्गुण से बेख़बर रहता हो, ऐसी बात नहीं है, फिर भी शराब पीकर वह अपनी और पूरे परिवार की बर्बादी करता है।

यहां प्रश्न उठता है कि सुकरात ने ज्ञान को सद्गुण बतलाने में क्या कुछ भूल की थी? उसके प्रिय शिष्य प्लेटो के विद्वान शिष्य अरस्तू के अनुसार तो सुकरात सचमुच यहां चूक गया था। वह सद्गुण को ठीक से परिभाषित नहीं कर सका था। अरस्तू के अनुसार सद्गुणी बनने के लिए ज्ञानमात्र पर्याप्त नहीं है, ज्ञान से भी ज़्यादा ज़रूरी है, अभ्यास। जब तक हम अच्छा बनने का अभ्यास नहीं करेंगे, तब तक अच्छे बन नहीं सकते, फिर चाहे हम कितने ही ज्ञानी क्यों न हों।

किन्तु सुकरात तो अत्यन्त ज्ञानी था, फिर उससे इतनी बड़ी भूल कैसे हो गई? उत्तर में अरस्तू कहता है कि सुकरात स्वयं इतना सज्जन था कि वह सोच भी नहीं सकता था कि कोई व्यक्ति जानबूझकर ग़लत काम कर सकता है।

पर बात दरअसल ऐसी नहीं है। यहां न अरस्तू सही है और न हम आम लोग, जो अरस्तू के जैसा ही सोचते हैं कि ज्ञानी होने मात्र से कोई सद्गुणी नहीं हो जाता। सुकरात जब ज्ञान को सद्गुण कहता था, तो ज्ञान से उसका तात्पर्य था, पक्का ज्ञान अर्थात एक़दम अच्छे से ज्ञान होना कि यह अच्छा है, यह बुरा है। सुकरात इसे सीधे शुभ के प्रति हमारी आत्मा की आंख का खुलना कहता था।

यदि हम गहराई से चिन्तन करें, तो सुकरात सचमुच ठीक लगता है। एक ग़लत राह पर चलने वाला यदि अच्छे से, ख़ूब अच्छे से, जान जाए कि उसकी राह उसे रसातल में ले जाने वाली है, तो उस राह पर आगे नहीं बढ़ सकता। यदि एक शराबी को बहुत अच्छे से ज्ञान हो कि

जिसे पीकर वह अभी सुख पा रहा है, वह हर तरह से उसके तन-मन-धन के विनाश का कारण है, उसे बदनामी के रास्ते पर ले जाने वाला है, न केवल उसके प्रियजनों के लिए वरन उसकी भावी पीढ़ी के लिए भी विनाशकारी है, तो वह उसे कभी हाथ नहीं लगाएगा। इसी तरह यदि हम सभी बुरे कामों का विश्लेषण करें, तो पाएंगे कि इनका कारण समुचित ज्ञान का अभाव ही होता है। सचमुच यह हमारा अज्ञान ही होता है, जो हमारे दुःख का कारण होता है। महाभारत में भी यह बात स्वीकार की गई है। यक्ष द्वारा युधिष्ठिर को यह पूछने पर कि शोक क्या है, युधिष्ठिर का उत्तर था : अज्ञान ही शोक है।

यदि हम इस बात को स्वीकार करें कि सद्गुण ज्ञान है, तो इसके दो फ़ायदे हैं, एक तो बुद्धिपूर्वक विवेचन करके हम दुष्कृत्यों से बचकर सत्कर्मों की ओर बढ़ सकते हैं, दूसरे हम लोगों के प्रति भी सदय हो सकते हैं, यह सोचकर कि अज्ञानवश ही उन्होंने बुरे काम किए हैं। कुछ भी हो, ज्ञानी बनना कोई सरल बात तो नहीं है। शायद यही सोचकर रशियन दार्शनिक दोस्तोएब्स्की ने कहा था : संसार में लोगों के प्रति हमारा व्यवहार ऐसा होना चाहिए जैसा किसी बच्चे या फिर बीमार के प्रति होता है। यहां ईसा के वे वाक्य भी स्मरणीय हैं, जो उन्होंने अन्तिम समय में अपने विरोधियों के लिए कहे थे : हे प्रभु! इन्हें क्षमा करना, क्योंकि ये नहीं जानते कि ये क्या कर रहे हैं।

यहां उल्लेखनीय है कि शंकराचार्य ने भी ज्ञान को सर्वाधिक महत्व दिया था। वे ज्ञान को ही एकमात्र मुक्तिदाता मानते थे। ज्ञानमात्र होने से एक आदमी भला कैसे सुकर्मी हो सकता है? इस पर उनका उत्तर था कि सत्यज्ञान होने पर हमसे दुष्कर्म वैसे ही अलग हो जाते हैं, जैसे यह ज्ञान होने पर कि यह सांप नहीं, रस्सी है, हमारा उसके प्रति भय अपने-आप ग़ायब हो जाता है। फिर जैसे फूलों से अपने-आप ख़ुशबू निकलती है अथवा तारागणों से जैसे स्वयमेव प्रकाश फैलता होता है, वैसे ही ज्ञानी से सत्कर्म सम्पादित होते हैं।

गीता में कहा गया है : ज्ञानाग्नि सर्वकर्माणि भस्मसात् कुरुते अर्थात ज्ञान-रूपी अग्नि सभी दुष्कर्मों को भस्म कर देती है। इसीलिए गीताकार यह भी कहते हैं : न हि ज्ञानेन सदृशं पवित्रमिह विद्यते अर्थात इस संसार में ज्ञान के समान पवित्र करने वाला और कुछ नहीं है।

बाइबिल का प्रमुख पात्र राजा सालोमन, जो अपने विवेक, बुद्धि तथा न्याय के लिए प्रसिद्ध था, कहा करता था : मैंने सारे हृदय से जानने का प्रयत्न किया है कि प्रज्ञा और बुद्धि क्या है और मैं यह समझा हूं कि दुष्टता नासमझी है तथा मूर्खता पागलपन है।

अन्त में :

जो अपनी ज़िन्दगी ज्ञान प्राप्त करने में लगा देता है, उसकी मौत नहीं होती।

– कुरान

मनुष्य को विद्या का उपार्जन अपने को अजर-अमर मानकर करना चाहिए।

– अरस्तू

अपने को अजर-अमर मानकर विद्या को प्राप्त करना चाहिए और धर्म का अर्जन ऐसे करना चाहिए, मानो मृत्यु ने केश पकड़ रखे हैं।

– हितोपदेश

ज्ञानी-विद्वान

उस दिन एक प्रसिद्ध प्रोफ़ेसर के आतिथ्य सत्कार का अवसर मिला। सुना था बड़े विद्वान हैं, अतः उनके आगमन पर मन विशेष रूप से प्रफुल्लित हो रहा था। उनके अनेक ग्रन्थों को मैंने पढ़ा था, उनके कई भाषण भी सुने थे। कुल मिलाकर मैं उनकी प्रशंसक थी। उनसे बात करने, उनके सत्कार करने की दिली-तमन्ना थी, उस दिन वह भी पूरी हुई।

बात-बात में ही उन महोदय ने अपने ग्रन्थों के नाम गिनाए और अपनी अकादमिक उपलब्धियों पर प्रकाश डाला। मैंने भी उनकी प्रशंसा की। उनके श्रीमुख से उनके ही ग्रन्थों के नाम और प्रशंसा सुनकर उस वक़्त मुझे कोई आश्चर्य नहीं हुआ।

आख़िर वह कोई झूठ तो नहीं कह रहे थे, अपनी ही कृतियों का ब्यौरा तो दे रहे थे, किन्तु जब अपनी विद्वत्ता का परिचय देते-देते वह यह भी कहने लगे, इस विषय में मेरे ग्रन्थों से श्रेष्ठ और कोई ग्रन्थ नहीं है, मैं सब-कुछ जानता हूं, ज्ञान के प्रत्येक क्षेत्र में मेरी गहरी पैठ है, ऐसी कोई चीज़ नहीं जिससे मैं अपरिचित हूं, तो मैं आश्चर्य में पड़ गई और फिर शीघ्र ही मेरा मन उनकी बातों पर ध्यान न देकर मन-ही-मन विचार करने लगा कि क्या सचमुच कोई आदमी इतना ज्ञानी हो सकता

है कि वह सब-कुछ जान ले और यदि जान भी ले, तो क्या कोई विद्वान अपनी विद्वत्ता को इस तरह बखान कर सकता है?

तब मन ने कहा, नहीं। सुना तो हमने यही है कि ज्ञान का क्षेत्र इतना गहरा है कि इसमें जो जितना पैठता जाता है, उसके लिए गहराई उतनी ही बढ़ती जाती है। तभी तो न्यूटन जैसा महान वैज्ञानिक कहता था : अथाह ज्ञान के सागर में से मैं उतना ही बटोर सका हूं, जितना कि समुद्र की विशाल जलराशि में से एक अंजुलि–भर पानी होता है। फिर यह प्रोफ़ेसर महाशय तो न्यूटन के पैरों की धूल के बराबर भी नहीं हैं। एक महान ज्ञानी सुकरात भी तो था, जिसे उस समय घोर आश्चर्य हुआ था, जब उसे पता चला कि डेल्फिन की पवित्र वाणी ने कहा है कि सुकरात एथेन्स का सबसे बड़ा ज्ञानी है। किन्तु सुकरात को इस बात पर ज़रा भी विश्वास नहीं हुआ था। भला एथेन्स जैसे बड़े नगर-राज्य में वही सबसे बड़ा ज्ञानी कैसे हो सकता है? तब इस बात की परीक्षा लेने के लिए सुकरात ने एथेन्स के विद्वान कहे जाने वाले व्यक्तियों से सम्पर्क किया, उनसे वार्तालाप किया। किन्तु उसे यह जानकर बेहद दुःख हुआ कि समस्त ग्रीक जगत में संस्कृति का एकमात्र केन्द्र माने जाने वाले एथेन्स जैसे बड़े नगर-राज्य में एक भी ऐसा व्यक्ति नहीं है, जो वास्तव में ज्ञानी हो। उसका आश्चर्य तब और बढ़ गया, जब उसने देखा कि जिन्हें वह ज्ञानी समझ रहा था, वे अज्ञानी अपने अज्ञान से भी अपरिचित हैं। इतना ही नहीं, ज्ञानी न होते हुए भी वे अपने को गर्वसहित ज्ञानी समझते हैं और कहते भी हैं। और फिर सुकरात को बोध हुआ कि डेल्फिन की पवित्र वाणी ने ग़लत नहीं कहा था। सुकरात ने तब अपने मित्र से कहा : मैं इस अर्थ में अवश्य ज्ञानी हूं कि मैं कम–से–कम अपने अज्ञान का बोध तो रखता हूं, जब कि दूसरे व्यक्ति इतना भी नहीं जानते कि वे ज्ञानी नहीं हैं। वे अपने अज्ञान का भी ज्ञान नहीं रखते।

वैसे सुकरात परम ज्ञानी था। अपने-आप को वह अज्ञानी कहता था, तो इसका अर्थ केवल इतना था कि वह अच्छे से समझता था कि

ज्ञान का क्षेत्र असीम है, इसलिए कोई भी व्यक्ति कभी भी पूर्ण ज्ञान का दावा नहीं कर सकता। ज्ञान का क्षेत्र ऐसा है कि इसमें जो जितना आगे बढ़ता जाता है, वह उतना ही अपने अज्ञान से परिचित होता जाता है। ऐसी स्थिति में मेरे माननीय अतिथि अपने को ज्ञानी कहकर क्या ग़लती नहीं कर रहे थे?

इसके अलावा एक और बात, भले ही वे प्रोफ़ेसर महोदय अपनी उपलब्धियों की ग़लत जानकारी नहीं दे रहे थे और सचमुच अन्य लोगों की तुलना में काफ़ी ज्ञान रखते थे, पर अपने मुंह मियां-मिट्ठू बनना भी क्या अविद्वत्ता का लक्षण नहीं है? वास्तव में जो सही अर्थों में ज्ञानी होगा, वह अपनी या अपने ज्ञान की तारीफ कभी नहीं करेगा।

अन्त में :

बड़े बड़ाई ना करे, बड़े ना बोले बोल।
रहिमन हीरा कब कहे, लाख टके मेरो मोल॥

– रहीम

यो बालो मन्यते बाल्यं पंडितश्चापि तेन सः।
बालश्य पंडितमानी स वै बाल इत्युच्यते।

जो मूर्ख होकर भी अपनी मूर्खता से परिचित रहता है, वह वस्तुतः पंडित है। किन्तु जो मूर्ख होकर भी अपने को पंडित मानता है, वह वस्तुतः मूर्ख है।

– धम्मपद

ठोकर

इस संसार में हमारी जीवन-यात्रा भी बड़ी अजीब होती है। यहां शायद ही ऐसा कोई व्यक्ति हो, जिसे कभी ठोकरों का सामना न करना पड़ा हो। शायद ही किसी की राह ऐसी हो, जिसमें फूल-ही-फूल खिले हों, कांटों का नामो-निशान न हो। सत्य तो यह है कि ज़िन्दगी हमेशा इतनी मेहरबान नहीं होती कि शीतल बयार से ही हमें हमेशा सराबोर रखे। यहां हमें लू के थपेड़ों का भी सामना करना पड़ता है। मंज़िल तक पहुंचने के लिए हमें कई बार ऐसे रेगिस्तान भी पार करने पड़ते हैं, जिनकी तप्त बालू हमारे तलुओं को फफोलों से भर देती है, पर क्या इसी से हम चलना छोड़ दें? अथवा ज़िन्दगी को कोसते बैठे रहकर मौत का इन्तज़ार करें? या फिर स्वयं आगे बढ़कर मौत को ही गले लगा लें ? पर ज़रा सोचिए, जब छोटा बच्चा चलना सीखता है तो कई बार वह गिरता है। अक्सर उसके पांवों के घुटने और हाथों की कुहनियां छिल जाती हैं, कई बार तो उसका सिर भी लहूलुहान हो जाता है, पर इसी से तो वह चलना नहीं छोड़ देता, न ही हम उसे चलने से मना करते हैं। फिर ऐसा क्यों होता है कि हम बड़े अक्सर ज़िन्दगी में लगने वाली ठोकरों से हताश हो जाते हैं और सोचते हैं कि काश किसी तरह ज़िन्दगी ठहर जाती। पर ठहरना तो मौत का नाम है न? ज़िन्दगी तो नाम ही चरैवेति अर्थात चलते रहना है और जब हम चलेंगे, तो ठोकर लगेगी ही, उससे क्या घबराना?

पर ठहरिए, अनावश्यक पांवों को लहूलुहान करना मूर्खता है। अतः ठोकर लगने पर क्षण-भर रुककर सोचिए कि कहीं आप अपनी मूर्खतापूर्ण ग़लती के कारण ही तो ठोकर नहीं खा रहे हैं? वैसे सच तो यह है कि हमारी ठोकरों का कारण अक्सर हमारी अपनी ग़लती ही होती है। इसलिए यह बहुत ज़रूरी है कि हम विवेक की आंखों को खोलकर देखें कि हम सीधी राह पर तो हैं, कहीं हमने ख़ुद ही अपनी राह में रोड़े तो नहीं बिछा लिये हैं? अल्लाह लोगों पर अत्याचार नहीं करता, लोग स्वयं ही अपने पर अत्याचार करते हैं : कुरान शरीफ़ की उक्ति है।

किन्तु कई बार ऐसा भी होता है कि हमारी ठोकरों का कारण अन्य लोग भी होते हैं, जो बिना किसी दुश्मनी के ही हमारी राह में रोड़े बिछाते हैं। ऐसी स्थिति में रोते बैठे रहने से तो यह अच्छा होगा कि हम ठोकरों से सबक लेते हुए, ठोकर लगाने वाले कार्यों से बचने का संकल्प लेते हुए, उठकर आगे बढ़े। 'आंख के बदले आंख' वाली मानसिकता लेकर यदि चलेंगे, तो राह में ही उलझकर रह जाएंगे। यदि हमें अपनी मंज़िल तक पहुंचना है, तो बाधा पहुंचाने वालों को नज़र अन्दाज़ करते हुए आगे बढ़ते जाना होगा, पर हां, रास्ते में आंख खोलकर आगे बढ़िए और कोशिश कीजिए कि आपकी राहों में रोड़े बिछाने वाले आपके दुश्मन दोस्त बन जाएं।

पर ऐसा भी तो हो सकता है कि देखते-भालते चलने के बाद भी हमें ठोकरों का सामना करना पड़े। हां, कभी-कभी ऐसा भी होता है। जब हमारी सीधी-सच्ची राह लोगों की ग़लत राहों से टकराती है, तब ऐसा ही होता ईसा, सुकरात, गांधी, गौतम इन सबका रास्ता सीधा-सच्चा था, पर फूलों भरा नहीं था बल्कि कांटों भरा था। हम इन पर विवेक की आंखें न खोलकर चलने का आरोप नहीं लगा सकते। यह भी एक सच्चाई है कि कई बार हालात अथवा ज़माना व्यक्ति को सीधी राह पर चलने नहीं देता। अक्सर जब भी कोई व्यक्ति अन्याय के विरुद्ध अथवा अपने हक़ के लिए आवाज़ उठाता है, तब उसे तरह-तरह से दबाने की कोशिश की जाती है। उसकी राह में तरह-तरह से रोड़े अटकाए जाते हैं, ऐसी स्थिति में वह क्या करे? क्या जैसे-तैसे इन

ठोकरों से बचने की चेष्टा करे, भले ही इसके लिए उसे अपना आत्मसम्मान क्यों न बेचना पड़े, अथवा देश और समाज को संकट में डालना पड़े? निश्चय ही ऐसा करना मानवीय गरिमा के खिलाफ़ होगा, इसलिए जिस किसी प्रकार से ठोकरों से बचने के बजाय बहादुरी से उनका सामना करना कहीं अधिक अच्छा है। आख़िर शह-सवार ही तो मैदाने-जंग में गिरते हैं। किसी भी उच्च लक्ष्य को पाने के लिए मुसीबत उठाए बिना काम नहीं चलता। एक विदेशी कहावत है : यदि आपको इन्द्रधनुष देखना हो तो वर्षा की मार सहनी होगी।

अन्त में :

सुर्खरू होता है इंसा ठोकरें खाने के बाद
रंग लाती है हिना पत्थर पे पिस जाने के बाद

– अज्ञात

आज तू दौरे–मुसीबत से गुजर जा ऐ दोस्त
कल ये मुसीबत ही तेरे ऐश का सामां होगी

– अज्ञात

रस्ते को भी दोष दे आंखें भी कर लाल
चप्पल में जो कील है पहले उसे निकाल

– निदा फ़ाज़ली

तनाव

हाल ही की बात है। मुझे एक विद्वान कहे जाने वाले सज्जन की मेजबानी का अवसर मिला। और तो सब बातें उनकी विद्वत्ता की परिचायक थीं, किन्तु रात में कुछ ऐसा हुआ कि मैं उनकी विद्वत्ता पर प्रश्नचिह्न लगाने पर मजबूर हो गई। हुआ यूं कि सोने से पहले एक टेबलेट गटकने के लिए उन्होंने एक गिलास पानी मांगा। मैंने सहज ही पूछा, 'काहे की टेबलेट है?' वह बोले, 'अरे कुछ नहीं, ट्रॅक्वीलाइज़र है, एक खा लो तो अच्छी नींद आती है।' क्या इसके बिना आपको नींद नहीं आती? मैंने पूछा। इस पर उनका परिचित-सा जवाब था, 'क्या बताएं, कई टेंशंस दिमाग़ में रहती हैं। रात-भर जागरण से तो अच्छा है कि एक गोली ख़ाकर आराम से सो रहो।' मेरा आश्चर्य और भी ज़्यादा बढ़ गया। 'क्या आप भी इस भयानक रोग से ग्रस्त हैं?' वह हंसे, बोले, 'क्यों यह भी कोई रोग है क्या?'

उन सज्जन के उक्त प्रश्न पर उस समय तो मैं मौन रह गई, किन्तु आज सोचती हूं, क्या मैंने ग़लत कहा था? क्या आधुनिक युग का सबसे बड़ा रोग तनावग्रस्त होना नहीं है? हो सकता है, उक्त सज्जन के समान कई लोग इसे रोग न मानें, पर इतना तो सभी मानेंगे कि यह अनेक रोगों की जड़ है। मनोचिकित्सक तो इसे हमारे अनेकानेक मनोरोगों का कारण मानते ही हैं, एलोपैथिक चिकित्सक भी अब इसे हमारे अनेकानेक रोगों की जड़ मानने

लगे हैं। यह हमारा मानसिक तनाव ही है, जो कई बार सिरदर्द, हृदय रोग, अल्सर, मधुमेह, ब्लडप्रेशर आदि का कारण बनता है। अत्यधिक तनाव से बाल युवावस्था में ही सफ़ेद होते देखे जाते हैं। निष्कर्ष यह कि तनाव शरीर और मन दोनों को जर्जर कर हमारे जीवन को दूभर बना देता है।

तनावग्रस्त व्यक्ति अक्सर चिड़चिड़े भी हो जाते हैं। यह स्वाभाविक ही है, किन्तु क्या वे जानते हैं कि ऐसे चिड़चिड़े व्यक्ति से कोई बात करना भी पसन्द नहीं करता। हालांकि यह सत्य है कि जीवन में सफलता पाने के लिए, कुछ कर गुज़रने के लिए ढीली-ढाली ज़िन्दगी से काम नहीं चलता, थोड़ा तनाव ज़िन्दगी में ज़रूरी है। जैसे वीणा के ढीले तारों से सुर नहीं निकलते, सुर निकालने के लिए उन्हें कसना ज़रूरी है, उसी तरह ज़िन्दगी में कसावट ज़रूरी है, किन्तु एक सीमा तक। जैसे ज़्यादा कसने से तार टूट जाते हैं, उसी तरह ज़्यादा तनाव हमारे लिए नुक़सानदेह होता है। इसके विपरीत आवश्यक तनाव जीवन में मधुर राग लाते हैं...और इनसे नींद न आने की बीमारी भी नहीं होती।

यदि हम अपने नुक़सानदेह तनावों का विश्लेषण करें, तो पाएंगे कि ऐसे अधिकांश तनावों का कारण हमारी निम्न स्वार्थवादी प्रवृत्ति होती है। अक्सर हम अधिकाधिक भोग-विलास हेतु ग़लत तरीक़े से उन्नति करना चाहते हैं, जो भविष्य में हमारे अनेकानेक तनावों का कई तरह से कारण बनते हैं। हम चाहते हैं कि हमें अधिकाधिक सुख-सुविधा मिले। जो है, वह हमें हमेशा कम लगता है। वस्तुतः हमारे पास कम होता हो, ऐसी बात हमेशा नहीं होती, कम हमें इसलिए लगता है कि हम अपनी तुलना अपने से अधिक सुविधा-सम्पन्न लोगों से करते हैं। ख़ासकर अपने किसी परिचित को अपने से आगे बढ़ता देखकर हमारे मन में ईर्ष्या, द्वेष, क्रोध आदि दुर्भावनाएं सिर उठाने लगती हैं, जिससे हम तुरन्त तनावग्रस्त हो जाते हैं। इसलिए बहुत ज़रूरी है कि हम ऐसे विचारों को अपने मन से निकाल बाहर करें और इसके बदले मानवमात्र की उन्नति के प्रति प्रशंसा, सबके प्रति स्नेह और प्रेम की भावना से अपने हृदय को सिंचित करें। ऐसी ही भावनाओं को अपने हृदय में स्थान देने के लिए सदियों पहले

एक ऋषि द्वारा की गई प्रार्थना स्मरण रखने योग्य है : 'यांश्च पश्यामि यांश्च न तेषु मा सुमतिं धि' अर्थात जिन्हें जानता होऊं या न जानता होऊं, उनके प्रति सद्भावना रख सकूं, हे प्रभु, ऐसी कृपा कीजिए।

कई बार हमारे तनाव का कारण हमारी अपनी ग़लतियां होती हैं। व्यवस्थित रूप से सोच-विचार कर ईमानदारी से कार्य न करने के कारण हमारे सामने इतनी अधिक समस्याओं का अम्बार लग जाता है कि हमें आगे का मार्ग दिखाई ही नहीं देता। इससे तनाव होना स्वाभाविक है। इससे बचने के लिए उत्साहपूर्वक सक्रिय होना होगा। किन्तु केवल उत्साह ही काफ़ी नहीं है, इसके लिए हमें बुद्धिमत्तापूर्वक अपने कार्यों को निपटाना होगा। जिस तरह रेत-घड़ी में भरी बालू धीरे-धीरे कर पूरी निकल जाती है, उसी तरह यदि हम एक-एक कर अपनी समस्याओं को निपटाते जाएं तो कोई कारण नहीं कि हमारी समस्याएं अम्बार के रूप में बाक़ी रहें। इसके लिए एक व्यावहारिक सलाह दी जाती है, सबसे कठिन और बोरिंग काम को सबसे पहले निपटाइए। इसके लिए डायरी-नोट बनाना भी ज़रूरी है। सोकर उठते ही अथवा अच्छा होगा कि सोने के पहले रात में दूसरे दिन के कार्यों की सूची बना लीजिए। काम प्राथमिकता के आधार पर तय करें, किन्तु ध्यान रहे कि कठिन काम या ऐसे काम जिन्हें आप टालते जा रहे हैं, उन्हें सूची में पहला स्थान दें। हो सके तो घर में अपने किसी प्रियजन को यह सूची दिखा दें। और फिर उसके अनुसार काम निपटाएं। एक-एक काम निपटने पर प्रियजन तो आपको शाबाशी देंगे ही, स्वयं भी अपने को शाबाशी देना न भूलें। इस तरह काम के बोझ से होने वाला तनाव तो दूर होगा ही, ज़िन्दगी भी ख़ुशनुमा बन जाएगी।

वैसे कभी-कभी तनाव के कारण वाक़ई बड़े भयानक होते हैं, जैसे हम या हमारा परिचित सम्बन्धी दुर्घटनाग्रस्त हो जाए या लाइलाज रोग से ग्रस्त हो जाए, हमारा प्रिय हमसे बिछड़ जाए, हमारी आजीविका का कोई साधन न बचे और हम अचानक आसमान से ज़मीन पर आ गिरें। किन्तु यहां भी परिस्थितियों से निपटने के लिए हमें धैर्यपूर्वक तनावमुक्त होने का प्रयत्न करना चाहिए। कुछ लोग ऐसे तनावों से मुक्त होने के लिए शराब या अन्य

किसी मादक द्रव्य का सहारा लेते हैं, किन्तु यह तो एक गड्ढे से निकलकर दूसरे गड्ढे में गिरने के समान है। शान्ति ऐसे प्राप्त नहीं होती। तनावों का सामना करने के लिए ज़रूरत होती है धैर्य, आत्मविश्वास एवं उस परमपिता पर विश्वास की जो हमारा रक्षक है, हमारा भला करने वाला है। यहां डॉ. डूले का उदाहरण द्रष्टव्य है। जन्म तो उनका अमेरिका में हुआ था, किन्तु वह ऐसे तमाम देशों के नागरिक थे, जो अविकसित एवं ग़रीब थे। ऐसे देशों की जनता की सेवा करना ही उनके जीवन का एकमात्र उद्देश्य था। ऐसे सेवापरायण डॉ. डूले का अन्त कैंसर से हुआ, किन्तु आपको जानकर आश्चर्य होगा कि अपनी इस लाइलाज बीमारी के विषय में जानकर वह थोड़े से भी विचलित नहीं हुए, बल्कि और भी दूने उत्साह एवं तेज़ी से अपने काम में जुट गए। और तो और अपनी बीमारी को वह प्रभु का वरदान कहते थे। वह सोचते थे कि हज़ारों लोग मुझे जानते हैं, मेरा अनुकरण करते हैं, मुझे इस हालत में भी उत्साहपूर्वक काम करते देखकर वे लोग जो मेरी तरह विपरीत परिस्थितियों में फंसे हैं, ज़रूर दुःखी होने से बचेंगे। वह कहते थे, मेरा कैंसरग्रस्त होना महत्वपूर्ण नहीं है, महत्वपूर्ण है उसके प्रति मेरी प्रतिक्रिया। दुःखी होकर धीरे-धीरे मरने में न कोई शोभा है, न उसकी कोई आवश्यकता।

हर तरह से निराश होने पर तनाव से मुक्ति पाने का सबसे अच्छा तरीक़ा है : भगवद्-समर्पण। हम सब आस्तिक होने का दम भरते हैं और जब-तब देवालयों में माथा टेकने भी जाते हैं, किन्तु विपरीत परिस्थितियां ही हमारे विश्वास की परीक्षा का सही समय होती हैं। ईश्वरीय विधान के आगे नतमस्तक होकर देखिए, तनाव ख़ुद-ब-ख़ुद समाप्त हो जाएंगे और फिर आगे की राह भी स्पष्ट होती जाएगी। मत भूलिए, सबै दिन जात न एक समान। सुख और दुःख इसीलिए तो पहिए के आरे के समान कहे गए हैं, जो ऊपर-नीचे होते रहते हैं। रहीम का यह दोहा कंठस्थ कर लीजिए –

> सुख बीते दुःख होत है, दुःख बीते सुख होत।
> दिवस गए निसि उदित, निसि गए दिवस उदोत॥

तनावों को दूर करने में योग भी सहायक है। इससे हम शारीरिक, मानसिक और आध्यात्मिक तीनों रूपों से स्वस्थ बनते हैं। इन्हीं में से एक या दो के स्वास्थ्य का अभाव हमारे तनावों का कारण होता है। गीता के एक भाष्यकार श्रीकृष्ण 'प्रेम' कहते हैं – योगाभ्यास का मतलब उस आन्तरिक सन्तुलन की प्राप्ति है, जो कर्म के कोलाहल में आत्म सन्तुलन बनाए रखता है और जिसके द्वारा यथा समय दूसरों की सहायता भी की जा सकती है।

अन्त में :

अभियुक्तं बलवता, दुर्बलं हीनसाधनं।
हृतस्वं कामिनं चोरमाविशन्ति प्रजागराः॥
अर्थात जिसका बलवान के साथ विरोध हो उसको, साधनहीन दुर्बल को, जिसका सब–कुछ हर लिया गया हो उसको, कामी को और चोर को रात में नींद नहीं आती।

– महाभारत

रहिमन चुप ह्वै बैठिए, देखि दिनन के फेर।
जब नीके दिन आइ हैं, बनत न लगि हैं बेर॥

– रहीम

फ़लक[1] ने किसे तीर नहीं मारा है,
जिगर किसका यां पारा पारा नहीं है,
क़ज़ा पर किसी का इजारा नहीं है,
ज़माने की गर्दिश से चारा नहीं है,
ज़माना हमारा तुम्हारा नहीं है।

– इबरत गोरखपुरी

1. आकाश।

थैंक्यू

एक छोटा-सा शब्द है, 'थैंक्यू'। वैसे तो इस शब्द का अर्थ बताने तथा इसका प्रयोग करने की सलाह देना मूर्खता है, क्योंकि आज का थोड़ा-सा भी पढ़ा-लिखा व्यक्ति किसी के थोड़े-से भी उपकार के बदले थैंक्यू कहने से नहीं चूकता। आधुनिक युग में इसका प्रयोग सभ्य और सुशिक्षित होने की निशानी समझा जाता है, तभी तो नन्हा अभी नर्सरी जाना शुरू नहीं करता है कि मम्मी-डैडी उसे टॉफी थमाने के पहले थैंक्यू बोलना ज़रूर कहते हैं, ताकि यह उसकी आदत बने, किन्तु ज़रा सोचिए, क्या थैंक्यू बोलने मात्र से ही सभ्य और सुसंस्कृत बना जा सकता है? जी नहीं, सच तो यह है कि जैसे ईश्वर का नाम लेने मात्र से कोई सच्चे अर्थों में धार्मिक नहीं बन जाता, वैसे ही थैंक्यू बोलने मात्र से ही कोई सभ्य और सुसंस्कृत नहीं बन जाता।

वस्तुतः आभार अनुभूति की चीज़ है। पर इसका मतलब यह नहीं कि किसी के उपकार पर हम मौन रहें, कुछ कहें ही नहीं। अवश्य कहें। धन्यवाद, शुक्रिया, थैंक्यू, जो जी में आए कहें। पर दो बातें ध्यान में रखें, पहली बात तो यह कि धन्यवाद थोड़ा ढंग से दें। यह नहीं कि धन्यवाद फेंका और चलते बने। केवल ध्वनि से ही नहीं, आपके चेहरे की भाव-भंगिमा से भी पता चलना चाहिए कि धन्यवाद दिल से दिया जा रहा है। दूसरी बात, केवल धन्यवाद देकर हम किसी के उपकारों से अपना दामन नहीं झटक सकते।

तब हम क्या करें? क्या प्रत्युपकार करें? हां, सामाजिक न्याय-व्यवस्था तो यही अपेक्षा रखती है कि मौक़ा देखकर हम भी अपने उपकारी के प्रति उपकार करें। उपकार हम पर एक प्रकार का ऋण होता है, जिसे हमें चुकाना ही चाहिए। हम स्वयं उस व्यक्ति की प्रशंसा करते हैं, जो हमारे उपकारों का बदला चुकाता है। प्रत्युपकार करके यदि हम यह सोचें कि चलो छुट्टी हुई, उसने हमारे लिए किया तो हमने भी उसके लिए कम नहीं किया, यह उपकार के महत्व को घटाता है। तब हम क्या करें? मेरे ख़याल से मुख्य चीज़ है किसी के उपकार को दिल से महसूस करना।

उपकारी के प्रति हमेशा आभार के भाव अपने मन में रखना। हमारे मन की यही भावना हमें उपकारी का सच्चा साथी बनाती है। साथ ही यह हममें स्नेह, प्रेम, ममता जैसे सद्गुणों का विकास कर हमारे व्यक्तित्व को निखारती है। किसी के उपकार को याद रखने वाले को गौतम बुद्ध उतना ही दुर्लभ बतलाते थे, जितना किसी पर उपकार करने वाले को।

यदि हम काग़ज़-क़लम लेकर उन लोगों की सूची बनाएं, जिनके हम पर उपकार हैं, तो निश्चय ही यह सूची बड़ी लम्बी बनेगी। आश्चर्य की बात तो यह है कि इनमें उन लोगों के नाम भी शामिल होंगे, जो किसी कारण से आज हमें अपने शत्रु लगते हैं। आत्मावलोकन करें, तो हम पाएंगे कि इनमें से बहुत सारे इसलिए भी हमारे शत्रु बनते गए, क्योंकि इनके प्रति हमारी कृतज्ञता की भावना मरती गई थी।

भारतीय संस्कृति में जन्म लेने वाले बालक पर तीन ऋणों का भार बताया गया है : ब्रह्म ऋण, देव ऋण, पितृ ऋण। इन तीन ऋणों से उऋण होने के लिए प्रत्येक गृहस्थ को पंच महायज्ञों को करना अनिवार्य बताया गया है। ये यज्ञ वस्तुतः अपने चारों ओर के वातावरण के प्रति हमारी कृतज्ञता का ज्ञापन हैं। हमारे यहां तैंतीस करोड़ देवी-देवताओं की कल्पना की गई है। पृथ्वी, जल, अग्नि, वायु, आकाश, चांद, सूरज, वन, वृक्ष, नदी, पर्वत आदि तक को देवता कहा गया है। यह सब किसलिए? नासमझ लोग इस बात पर हंसते हैं, किन्तु बात हंसी की नहीं है। देवता शब्द का मतलब ही होता है, जो देता है।

इसलिए प्रकृति के विभिन्न तत्त्व, जो हमें जीवित रहने में निरन्तर सहायता देते हैं, के सामने श्रद्धावनत हो, इनके प्रति और हमने क्या किया? हमने इन्हें मात्र उपभोग की सामग्री बनाकर अपने ही पर्यावरण का सत्यानाश किया। यही कृतघ्न होने का दुष्परिणाम है।

एक बात और – आमतौर पर हम दुनिया के मालिक के प्रति कृतज्ञता कम ही महसूस करते हैं। उसने हमें क्या नहीं दिया इसे लेकर बड़बड़ाते हैं, जो नहीं दिया उसके लिए प्रार्थना भी करते हैं, किन्तु उसने हमें जो दिया उसके लिए धन्यवाद कम ही देते हैं, जब कि ऐसे भी लोग हैं, जो बुरी-से-बुरी स्थिति में भी ईश्वर को धन्यवाद देना नहीं भूलते। इस सन्दर्भ में शेख़ सादी ने एक ऐसे युवक की कथा कही है, जो जूते न होने की वजह से इतना दुःखी हो जाता है कि आत्महत्या का मन बना लेता है, किन्तु अचानक उसकी नज़र एक ऐसे व्यक्ति पर पड़ती है, जिसके दोनों पैर ही नहीं थे, फिर भी वह प्रभु को अपने अस्तित्व के लिए धन्यवाद दे रहा था। यह तो ख़ैर कहानी है, पर अन्धी और बहरी हेलन केलर की जीवनी कोई दन्त-कथा नहीं है। उनकी जीवनी से हम सभी परिचित हैं। हम जानते हैं कि उनके कष्टों की कोई सीमा नहीं थी। एक-एक अक्षर के ज्ञान के लिए, एक-एक अनुभूति की प्राप्ति के लिए, उसकी अभिव्यक्ति के लिए, उन्हें कड़ी मेहनत करनी पड़ी थी, फिर भी वे ईश्वर को धन्यवाद देती थीं। वह कहती थीं : मैं अपनी अक्षमताओं के लिए परमेश्वर को धन्यवाद देती हूं, क्योंकि उन्हीं से मैंने अपने-आप को, अपने काम को और अपने परमेश्वर को पाया है। कहने का मतलब कि हम सामान्य लोगों को, जो। हमने पाया उसके लिए ईश्वर को धन्यवाद तो देना ही चाहिए, जिसे पाने में कठिनाई हो उसके लिए भी धन्यवाद देना चाहिए।

अन्त में :

> If the only prayer you ever say in your whole life is 'Thank you' that would suffice.
>
> *– M. Eckhart*

धार्मिक मन

अक्सर हम अपने को धार्मिक कहते हैं। हम पूजापाठ, व्रत-उपवास, तीर्थयात्रा और दान पुण्य आदि भी समय-समय पर करते रहते हैं और जो ऐसा नहीं करता उसे अधार्मिक कहने से चूकते भी नहीं हैं। हम इतने बड़े धार्मिक हो सकते हैं कि अपने धर्म की रक्षा के लिए अपनी जान देने और किसी की जान लेने से भी नहीं डरते। किन्तु क्या हम सचमुच धार्मिक हैं? क्या इतना ही धार्मिक होने के लिए काफ़ी है? वस्तुतः सत्य तो यह है कि धार्मिक होने का मतलब धार्मिक मन से युक्त होना अधिक है। तरह-तरह के कर्मकांडों को करे बिना भी एक व्यक्ति धार्मिक हो सकता है, बशर्ते कि वह धार्मिक मन से युक्त हो। पर कैसा होता है यह धार्मिक मन? और कैसे हम इसे धार्मिक बनाएं?

प्रसिद्ध दार्शनिक जे. कृष्णमूर्ति ने बड़े सुन्दर ढंग से धार्मिक मन का विश्लेषण किया है।

कृष्णमूर्ति मानव की मुक्ति, उसका सुख, उसकी शान्ति, मानव मानव के बीच सौहार्द एवं प्रेम तभी सम्भव मानते हैं, जब हम धार्मिक मन से युक्त हों। इसीलिए वह धर्म के बजाय धार्मिक मन की पड़ताल ज़रूरी मानते हैं। तथाकथित धर्म और धार्मिक मन में अन्तर करते हुए वह कहते हैं : धर्म में विश्वास करने वाले से सर्वथा भिन्न है, यह धार्मिक मन।

पहली बात तो धार्मिक मन होने का मतलब किसी एक धर्म में दीक्षित होकर उसी को सर्वश्रेष्ठ समझना, उसी का गुणगान करना नहीं है। यदि आप धार्मिक हैं, तो आप एक हिन्दू, एक मुसलमान, एक ईसाई या बौद्ध कभी भी नहीं हो सकते। विभिन्न धर्म वस्तुतः उन संस्कारों के नतीजे हैं, जो कई हज़ार वर्षों से हमारे भीतर क्रियाशील हैं। एक हिन्दू या ईसाई के रूप में हमें पिछले कई हज़ार वर्षों से आस्था और विश्वास रखने के लिए संस्कारित किया गया है। एक हिन्दू या मुसलमान के रूप में हम उतने ही संस्कारबद्ध हैं, जितना कोई साम्यवादी या नास्तिक होता है। तब वह कहता है, मैं हिन्दू हूं, मुसलमान हूं, ईसाई हूं, मैं यह हूं, वह हूं। कहने का मतलब कि धार्मिक मन किसी धर्म-विशेष से बंधा नहीं होता, इसके विपरीत वह मुक्त मन होता है, सभी पूर्वनिर्मित आग्रहों से मुक्त मन। कृष्णमूर्ति किसी भी प्रकार के बन्धन का विरोध इसलिए करते हैं, क्योंकि बन्धन से निर्भरता का जन्म होता है। ऐसा मन अकेले खड़े रहने में असमर्थ होता है और ऐसे मन के पथभ्रष्ट होने का भी भय रहता है। धार्मिक मन की अन्य विशेषताएं हैं : भयहीनता तथा मन का शान्त, निष्पाप, निश्चल, विचारों की लहरों से सर्वथा मुक्त हो जाना, मन के सारे शोरगुल, उठापटक का समाप्त। हो जाना। ऐसा मन समस्त चालाकी, दांवपेंच, छल–प्रपंच एवं भ्रान्तियों से मुक्त हो जाता है। वस्तुतः ऐसा मन ही गहरे शान्त जीवन को सम्भव बनाता है, जिसके बिना सारी चीज़ें निरर्थक हैं।

यहां प्रश्न उठता है कि हम ऐसे सुन्दर धार्मिक मन की प्राप्ति आख़िर कैसे करें? जे. कृष्णमूर्ति के अनुसार यह ध्यान से सम्भव है, किन्तु ध्यान का तात्पर्य यह नहीं है कि हम मन को ज़बर्दस्ती किसी एक स्थान पर केन्द्रित करने का प्रयास करें। ध्यान का सीधा-सरल तरीक़ा वह बताते हैं : अपने अन्दर उठने वाले एक–एक विचार, एक–एक भाव के प्रति सजग रहना। मन को केन्द्रित करने के बजाय वह भटक–भटककर जहां–जहां जाता है, जो-जो करता है, उसे केवल देखते रहना, सजग और सचेत होकर। ध्यान वस्तुतः एक ऐसे मन की मांग है, जो आश्चर्यजनक रूप से सतर्क हो। एकाग्र नहीं सतर्क हो। हमारे मन में निरन्तर जो विचार आते हैं, ध्यान

के दौरान हमें उनका विश्लेषण नहीं करना है। विचार अच्छे हो सकते हैं, बुरे हो सकते हैं। किसी के प्रति प्रेम के हो सकते हैं, घृणा के भी हो सकते हैं। ध्यान में हमें एक साक्षी के समान केवल इन्हें देखना है, मज़ा लेते हुए। कृष्णमूर्ति कहते हैं, सभी निपुणताओं में अवलोकन महानतम है। जब हम अपने मन में जो कुछ हो रहा है उसके प्रति सजग और सचेत हो जाते हैं, तो हमारा मन हमें धोखा नहीं देता, तब वहां धोखा खाने वाला भी कोई नहीं होता। ऐसा मन असाधारण रूप से शान्त, संवेदनशील, मौन, कोमल और एकाकी हो जाता है, ... ऐसा मन एक वरदान है। वह पृथ्वी के समान है, असीम सम्भावनाओं से युक्त। यह एक प्यारी चीज है।

जे. कृष्णमूर्ति का यह धार्मिक मन का प्रत्यय निश्चय ही प्राचीन भारतीय दर्शन द्वारा प्रस्तुत जीवनमुक्त का ही प्रत्यय है, किन्तु यह अकेला मुक्त होकर किसी अन्य लोक का वासी नहीं हो जाता, न ही वह संसार को तुच्छ, निकृष्ट और मायामय मानते हुए स्वयं को उससे अलग कर लेता है। वह इसी लोक में रहता है और संसार के प्रति अपने उत्तरदायित्व को सतर्क रहते हुए निभाता रहता है। निश्चय ही यह मनुष्य का एक अमूल्य चित्र है, जिसे कृष्णमूर्ति गरुड़ की तरह जीना कहते हैं। श्रीअरविन्द के अनुसार : ऐसा मन अचंचल, शान्त, नीरव एवं स्थिर होता है। गीता की भाषा में यही मन स्थितप्रज्ञ का चित्र है। दुःखेषु अनुद्विग्नमना सुखेषु विगतस्पृह अर्थात दुःख में अनुद्विग्न और सुख में निःस्पृह। ऐसा मन समुद्र के समान गम्भीर होता है। वह कर्मशील रहता है, किन्तु कर्तापन के भाव से, कर्मफल के लालच से मुक्त हो जाता है। स्वाभाविक है कि वह केवल निष्काम कर्म करता है। गांधी के अनुसार सच्चा धार्मिक पूरी कायनात को ईश्वरमय देखता है, इसीलिए वह सबके प्रति चिन्तित रहता है, किन्तु स्वयं के लिए कोई कामना नहीं रखता। गांधी हिन्दू धर्म का सार ईशावास्योपनिषद के एक श्लोक को बताते हैं, जो उनके अनुसार प्रत्येक धर्म का सार है।

> ईशावास्यमिदं सर्वं यत्किंचित्जगत्यां जगत्।
> तेन त्यक्तेन भुंजीथा मा गृधः कस्य स्विद्धनम्॥

अर्थात विश्व में हम जो कुछ देखते हैं, सबमें ईश्वर की सत्ता व्याप्त है। त्यागपूर्वक इसका भोग करो। किसी की सम्पत्ति को लोभ की दृष्टि से मत देखो।

निश्चय ही प्रत्येक श्रेष्ठ धर्म मनुष्य को इसी प्रकार के धार्मिक मन से युक्त करने के प्रयास हैं।

अन्त में :

मज़हब कोई लौटा ले और इसकी जगह दे दे
तहज़ीब सलीके की, इंसान सलीके के

– अज्ञात

कैफ़ पैदा कर समुन्दर की तरह
वुसअते[1], ख़ामोशियां, गहराइयां

– कैफ़

1. ऊंचाइयां।

परेशानियां

ये शायर भी क्या ख़ूब होते हैं, चन्द लाइनों में ही किसी की जीती-जागती तस्वीर पेश कर देते हैं। हमारे इस परेशान-हाल संसार की ऐसी ही एक ज़िन्दा तस्वीर फ़िराक़ गोरखपुरी की दो लाइनों में देखिए :

इलाही क्या यही है हासिले–तक़दीरे–इंसानी
जिधर देखो परेशानी परेशानी परेशानी।

कुछ ऐसी ही बात ग़नी एजाज़ भी कहते हैं :

ज़िन्दगी उलझन सरासर पेचीदगी
हर घड़ी चक्कर नया आठों पहर पेचीदगी।

सचमुच आज का इंसान परेशानियों को ढोते-ढोते कितना परेशान दिखता है। जिस चेहरे को देखिए उसी पर तनाव और परेशानियों की रेखाएं स्पष्ट दिखाई देती हैं। कितने तो कारण होते हैं मनुष्य की परेशानियों के। कभी तो बड़े विरोधी कारणों से मनुष्य परेशान होते हैं, जैसे कोई सन्तान के अभाव में परेशान होता है, तो किसी के लिए उसकी सन्तान ही परेशानी का कारण होती है। कोई धन की कमी से परेशान होता है, तो किसी के लिए धन की अधिकता ही परेशानी का सबब बन जाती है। कोई नौकरी न मिलने से परेशान रहता है, तो किसी को उसकी नौकरी ही जी का जंजाल लगती है।

कुल मिलाकर बात यह है कि इस संसार में आदमी किसी-न-किसी कारण से परेशान रहता ही है। उसकी परेशानी का कोई एक कारण नहीं है। संसार में आत्महत्याओं और मनोरोगों के बढ़ते आंकड़े (जो विकसित देशों में विकासशील देशों की तुलना में कहीं ज़्यादा तेज़ी से बढ़ रहे हैं) स्पष्ट कहते हैं कि बढ़ती सुविधाओं के बाद भी मनुष्य की परेशानियों में इज़ाफ़ा ही हुआ है, कमी नहीं।

जाइए होके बेक़रार कहां
सब हैं ग़मगीन ग़मगुसार यहां

– हफ़ीज़ मेरठी

पर यूं निराश होने से काम नहीं चलेगा। अतः आइए निराशा को त्यागकर हम उन बिन्दुओं पर विचार करें, जो हमें परेशानियों के गर्त में गिरने से थाम सकें।

यदि हम अपनी परेशानियों का तटस्थ होकर विश्लेषण करें, तो पाएंगे कि हमारी इन अनेकानेक परेशानियों का कारण कोई दूसरे नहीं, वरन हम स्वयं होते हैं। कई बार तो परेशानी का कोई कारण नहीं होता, फिर भी हम आदतन परेशान होते हैं या फिर सुदूर भविष्य में कोई परेशानी आएगी, यह सोचकर अपने वर्तमान के सुख में विष घोलकर ख़ुद भी परेशान होते हैं और सारे परिवार को परेशान कर डालते हैं। इससे बचने के लिए हमें अपनी परिस्थितियों का ठीक से विश्लेषण करना होगा, परेशानियों के प्रति सकारात्मक दृष्टिकोण अपनाना होगा।

कई बार हम अपनी स्वार्थी, लालची, क्रोधी एवं ईर्ष्यालु प्रवृत्ति के कारण भी अपने चारों ओर अनेकानेक शत्रु बना लेते हैं और इस तरह अपने को परेशानियों के भंवर में फंसा लेते हैं। इससे बचने के लिए यह बहुत ज़रूरी है कि हम अपने स्वभाव में कुछ परिवर्तन लाएं। थोड़े उदार, दयालु एवं क्षमाशील बनें, तब देखिए कितनी ही परेशानियां यक-ब-यक गायब हो जाती हैं। विद्वानों ने कर्मशील जीवन को भी अनेकानेक

परेशानियों का हल बताया है। अनुभव भी यही कहता है कि कर्महीन एवं आलसी लोगों का भाग्योदय नहीं होता। कर्म में लिप्तता जहां हमारे तन और मन दोनों को चुस्त बनाती है, वहीं आर्थिक रूप से भी हमें मज़बूत कर हमारी अनेक परेशानियों को कम करती है।

गीता में निष्काम कर्मयोग की सुन्दर शिक्षा दी गई है। गीता के एक अंग्रेज़ भाष्यकार रोनाल्ड निक्सन, जिन्होंने अपना नाम बदलकर श्रीकृष्ण 'प्रेम' रख लिया था, इस निष्काम कर्मयोग के विषय में कहते हैं: बन्धन–शक्ति कर्म से नहीं, बल्कि उस कामना से उत्पन्न होती है, जिससे कर्म किया जाता है और इसीलिए उन्होंने (कृष्ण भगवान ने) यह सिखाया कि यदि फल की इच्छा को काटा जा सके, तो कर्म रूपी सांप के ज़हरीले दांत उखड़ जाएंगे। हम सब यह जानते हैं कि श्रीकृष्ण अर्जुन को गीता का उपदेश तब देते हैं, जब वह युद्धरूपी अपने कर्तव्य-कर्म से विरत होने का मन बना रहा था। गीता के एक प्रसिद्ध श्लोक 'कर्मण्येवाधिकारस्ते मा फलेषु कदाचन' में कृष्ण अर्जुन को कर्म न करने की अपेक्षा कर्म करना अधिक श्रेष्ठ बतलाते हैं, जो निष्काम भाव से किया गया हो। आगे एक श्लोक में कृष्ण समस्त कर्म उन्हें समर्पित करने को कहते हैं। अन्तिम अध्याय में एक प्रसिद्ध श्लोक, 'सर्व धर्मान्परित्यज्य मामेकं शरणं व्रज' में अर्जुन से कहते हैं: तू समस्त द्वन्द्वों को छोड़कर मेरी शरण में आ जा। मैं तुझे सारे सन्तापों से मुक्त कर दूंगा। तू चिन्ता मत कर।

उल्लेखनीय है कि गीता का यह उपदेश केवल अर्जुन को ही नहीं, मनुष्य-मात्र को दिया गया है, जिसे हमेशा जीवन-रूपी युद्ध में जूझना पड़ता है। गीता के समान बाइबिल में भी ईसा एक स्थान पर अपने शिष्यों से कहते हैं : हे सब परिश्रम करने वालो तथा थके हुए लोगो, मेरे पास आओ और अपना जुआ मुझे दे दो। मैं तुम्हें विश्राम दूंगा। बृहदारण्यक उपनिषद में कहा गया है : जब मनुष्य उस अदृश्य–अमूर्त सत्ता के अन्दर विश्राम खोजता है, तभी उसे शान्ति की प्राप्ति होती है। इसके विपरीत यदि मनुष्य उसे एक व्यवधान, एक पृथकत्व मानता है, तब उसकी बेचैनी बनी रहती है। और यह बेचैनी उस मनुष्य की है, जो ख़ुद को विवेकी मानता है।

वैसे कई आधुनिक मनोवैज्ञानिकों ने भी मानव के लिए ईश्वर की निकटता को शान्ति की प्राप्ति के लिए आवश्यक बतलाया है। प्रसिद्ध अमेरिकी मनोवैज्ञानिक विलियम जेम्स कहते हैं : जिस प्रकार सागर की उमड़ती हुई मौजें और ऊपरी चंचल भाग उसके अन्तस्थ की शान्ति को भंग नहीं कर सकते, उसी प्रकार यदि मनुष्य का विशाल चिरन्तन शक्ति पर अधिकार हो तो जीवन के क्षणिक उतार-चढ़ाव उसके लिए कोई महत्व नहीं रखते। जिस मनुष्य में वास्तविक धार्मिक निष्ठा हो, वह दृढ़ एवं सन्तुलित रहता। है तथा धैर्यपूर्वक जीवन के प्रत्येक कर्तव्य को निभाने को तत्पर रहता है। कुछ ऐसी ही बात डॉ. राधाकृष्णन् भी कहते हैं : जब हमें शाश्वत भगवान में विश्वास हो जाता है और जब हम उसकी वास्तविकता का अनुभव कर लेते हैं, तब इस संसार के कष्ट हमें विचलित नहीं करते। पाल टिलिच नामक एक अन्य दार्शनिक ने भी इस सन्दर्भ में बड़ी सुन्दर बात कही है : मनुष्य के लिए यह कोई बड़ी समस्या नहीं है कि वह ईश्वरीय स्पर्श से वंचित है। ईश्वर तो हम सबके अन्दर रहता है, इसलिए ईश्वरीय स्पर्श के अभाव में मनुष्य का सामान्य से सामान्य अनुभव भी सम्भव नहीं है, पर मनुष्य को इसका स्पष्ट अहसास नहीं हो पाता और यही उसके जीवन की बड़ी त्रासदी है, इसी से बचने का उसे लगातार प्रयास करना चाहिए।

अन्त में :

मैं हर शाम अपनी सारी चिन्ताएं भगवान के भरोसे छोड़ देती हूं, आख़िर उन्हें रात-भर जागना जो होता है।

– अज्ञात

अपनी सारी चिन्ताएं उसी पर डाल दो, क्योंकि उसको तुम्हारी चिन्ता है।

– बाइबिल

पर-निन्दा

एक दिन एक परिचित घर आए। क़रीब घंटे-भर बैठे। मैंने नोट किया कि इस घंटे-भर में उन्होंने क़रीब दस व्यक्तियों की बुराई की। मैं उन सभी को तो निकट से नहीं जानती, इसलिए कह नहीं सकती कि उन सज्जन की आलोचना कितनी सही थी, पर एक बात पर मुझे आश्चर्य हुआ कि इनमें से अधिकांश का स्वयं उनमें अभाव नहीं था।

कुछ इसी प्रकार के सज्जनों से निश्चय ही आप भी टकराते होंगे। किन्तु ऐसा होता क्यों है? जो दोष व्यक्ति में स्वयं होते हैं, उनका वह दूसरों में बखान कैसे कर लेता है? वस्तुतः इसका कारण मनुष्य का अपने भीतर न झांक सकने की असमर्थता होती है। काश, लोग अपने भीतर झांककर देख पाते! किन्तु यह तो कोई सहज काम नहीं है। हममें से अधिकांश यह नहीं कर पाते हैं। सच कहा जाए तो यह कबीर जैसा कोई बिरला ही होता है। जो कह सकता है :

> बुरा जो देखन मैं चला, बुरा न मिलया कोय।
> जो दिल खोजा आपना, मुझ–सा बुरा न कोय॥

पर-दोष-दर्शन के बजाय आत्मावलोकन की सलाह सभी महापुरुषों ने दी है। इस सम्बन्ध में बाइबिल की एक प्रसिद्ध कथा उल्लेखनीय है।

एक बार ईसा मसीह के पास एक महिला को कुछ लोग घसीटते हुए ले गए और उनसे बोले, 'यह महिला व्यभिचार में लिप्त पाई गई है। मूसा की व्यवस्था के अनुसार ऐसी महिला को पत्थरवाह का दंड मिलना चाहिए। बोलो, तुम क्या कहते हो?' पत्थरवाह दंड का मतलब है, अपराधी को तब तक पत्थर मारना जब तक कि वह मर न जाए। ईसा उस वक़्त ज़मीन पर बैठे थे। उन्होंने ध्यान से भीड़ की बात सुनी पर बिना एक भी शब्द बोले, सिर झुकाकर ज़मीन पर उंगली से टेढ़ी-मेढ़ी लकीरें खींचने लगे। ईसा को इस तरह उदासीन देखकर भीड़ उत्तेजित होकर बार-बार वही प्रश्न दोहराने लगी।

तब यीशु ने सिर उठाकर उनसे कहा : ठीक है, यदि इसने व्यभिचार किया है तो पत्थरवाह इसके लिए ठीक दंड है। तुम लोग इसकी व्यवस्था करो। पर हां, ध्यान रखना, पहला पत्थर तुममें से वही चलाएगा, जिसने कभी कोई पाप न किया हो।

इतना कहकर यीशु सिर झुकाकर फिर से ज़मीन पर रेखाएं खींचने लगे। थोड़ी देर बाद उन्होंने सिर उठाकर देखा, तो पाया कि उस महिला के सिवाय वहां पर और कोई नहीं था, पर वे सब अचानक चले कैसे गए? क्या पत्थरवाह करने के लिए पत्थर एकत्रित करने गए थे? जी नहीं, वस्तुतः वे सब महिला को सज़ा देने का विचार त्याग चुके थे और अपने-अपने घर चले गए थे। यह चमत्कार किया था यीशु के इस कथन ने कि पहला पत्थर निष्पाप व्यक्ति ही चलाएगा। उस महात्मा की इस वाणी में इतना प्रभाव था कि तत्काल सबने अपने-अपने भीतर झांककर देखा और फिर किसी की हिम्मत नहीं हुई पहला पत्थर चलाने की।

बाइबिल में ही ईसा एक अन्य स्थान पर अपने अनुयायियों से कहते हैं, 'तुम्हें अपने भाई की आंख में पड़ा तिनका तो ख़ूब दिखता है, पर अपनी आंख में पड़ा लट्ठा नज़र नहीं आता?' इस कथन का तात्पर्य है कि हम आत्मावलोकन के बजाय पर-दोष-दर्शन की ओर अधिक सचेष्ट रहते हैं। प्रसिद्ध अमेरिकन चिन्तन थोरो ने लिखा है :

कुछ लोगों का स्वभाव ही होता है कि अगर वे कभी जल्दी उठ जाएं, तो प्रभाती लालिमा में भी दोष ढूंढ़ लें। फारसी कवि शेख सादी कहते हैं : दुनिया में उजाला फैलाने वाला सूरज छूंबूंदर की आंखों को बुरा लगता है।

यहां एक महत्वपूर्ण बात यह भी है कि दूसरों के दोषों का अवलोकन करने से, उसका बखान करने से, हम उन्हें कभी-कभी नहीं सुधार सकते हैं। हां, यदि हम अपने भीतर झांककर अपने अवगुणों पर दृष्टि डालने की आदत बना लें, तो निश्चय ही हममें सुधार की गुंजाइश हो सकती है। इस तरह आत्मावलोकन द्वारा हम अपना कल्याण तो करते ही हैं, अपरोक्ष रूप से संसार का कल्याण भी करते हैं। प्रसिद्ध अस्तित्ववादी दार्शनिक कीर्कगार्ड ने संसार को नैतिक बनाने की एक ही शर्त रखी थी, वह थी, अपने-आप को नैतिक बनाना। वह कहते थे, हम स्वयं का उद्धार कर लें, यही पर्याप्त है। पर इससे दूसरे व्यक्ति कैसे नैतिक बनेंगे? उत्तर में वह कहते हैं कि स्वयं नैतिक बनकर हम संसार के अन्य लोगों के सामने अपना उदाहरण रख सकते हैं। निश्चय ही इससे संसार प्रेरित होगा। इसके अलावा संसार को सुधारने का हमारे पास और कोई मार्ग नहीं है।

पर-दोष-दर्शन की आदत रहने से एक नुक़सान हमारा यह भी होता है कि हम अनजाने ही अपने शत्रुओं की संख्या बढ़ा लेते हैं। जिन लोगों की हम आलोचना करते हैं या जिनमें हमें बुराई-ही-बुराई नज़र आती है, निश्चय ही उनसे हमारा मैत्रीभाव स्थापित नहीं हो पाता। इसका तात्पर्य यह नहीं कि लोगों में बुराई होती ही नहीं अथवा हमें दूसरों में निहित बुराई की ओर से आंखें बन्द कर लेना चाहिए। यह बिल्कुल सत्य है कि हमें अच्छाई और बुराई में भेद करना आना चाहिए और यह भी समझना चाहिए कि बुराई हर हाल में बुरी होती है, अतः इसके प्रति हमें सजग रहना चाहिए। अवसर पड़ने पर हमें इसकी निन्दा भी अवश्य करनी चाहिए। बुराई के प्रति आंख, कान, नाक बन्द करके नहीं बैठ जाना चाहिए, यह गांधी के तीन बन्दरों की

ग़लत व्याख्या होगी। किन्तु बुराई का घर होने से ही कोई व्यक्ति एक़दम त्याज्य या निन्दनीय नहीं हो जाता। क्या पता किन परिस्थितियों में व्यक्ति ने उन्हें अपनाया हो या अनजाने ही वे उनमें आ गई हो। एक बात और, बुरे से बुरे व्यक्ति में कुछ-न-कुछ अच्छाई अवश्य होती है, अगर हम उसकी बुराई के बजाय अच्छाई पर ध्यान दें, तो उससे कुछ-न-कुछ सीख सकते हैं। किसी विद्वान ने कहा भी है कि हर व्यक्ति हमारा गुरु हो सकता है। इससे उस व्यक्ति का भी फ़ायदा है, जिसमें हम अच्छाई देखते हैं। यह एक मनोवैज्ञानिक सत्य है कि यदि किसी बुरे व्यक्ति की अच्छाइयों की तारीफ की जाए, तो वह अच्छा बनने की कोशिश करता है, ख़ासकर बच्चों पर तो इसका गहरा असर होता है।

अन्त में :

जब भी किसी से गिला करना
सामने अपने आईना रखना

– अज्ञात

अगर तुम कर सको तो अपने दिल में सुबह से रात तक और रात से सुबह तक किसी के प्रति दुर्भावना न रखो।

– महाभारत

दूसरों के दोष देखना सरल है अपने दोष देखना कठिन। मनुष्य दूसरों के दोषों को भुस के समान फैलाता है, जब कि अपने दोषों को ऐसे छिपाता है जैसे जुआरी पांसों को छिपाता है। दूसरों के दोष देखने वाले के चित्त में मैल चढ़ जाता है।

– धम्मपद

प्रशंसा

मेरे एक परिचित हैं। हाल में ही उनकी एक किताब छपी। पत्र-पत्रिकाओं में समीक्षकों ने मुक्तकंठ से उनकी प्रशंसा की। अनेक अनजान लोगों के प्रशंसा-पत्र भी मिले। कुछ परिचितों ने भी प्रशंसा में बोल कहे, किन्तु उन्हें महसूस हुआ कि परिचितों की प्रशंसा में वह उत्साह नहीं है, जो अपरिचितों की प्रशंसा में है। यद्यपि इस बात का उन्हें विशेष दुःख नहीं था, किन्तु क्या यह चिन्तनीय प्रश्न नहीं है कि ऐसा होता क्यों है? किसी में दुर्गुण देखने में तो हम सहस्राक्ष हो जाते हैं, दुर्गुणों का वर्णन करते समय हमारी ज़बान भी ख़ूब लम्बी हो जाती है. इसी तरह इन्हें सुनते समय भी सारे शरीर में जैसे कान उग आते हैं, किन्तु जहां प्रशंसा की बात आती है, वहां स्थिति एक़दम विपरीत क्यों हो जाती है?

हालांकि संस्कृत की एक उक्ति में कहा गया है – विद्वान सर्वत्र पूजा जाता है, किन्तु सत्य तो यह है कि अपने परिचितों द्वारा उसे वह सम्मान नहीं मिलता, जो अपरिचितों द्वारा मिलता है। बाइबिल में ईसा भी कहते हैं : संसार की रीति ही यह है कि अपने देश, अपने कुटुम्ब और अपने परिवार में नबी का आदर नहीं होता। आदर होना तो दूर, ये परिचित ही होते हैं, जो श्रेष्ठजनों के साथ बुरा व्यवहार करते हैं। स्वयं ईसा इसके उदाहरण हैं। यही बात प्लेटो ने सुकरात के मृत्युदंड पर ईसा से भी चार

सदी पहले कही थी : श्रेष्ठजनों के साथ उनके ही देश में जिस प्रकार का व्यवहार किया जाता है, वह इतना शोचनीय है, जिसकी तुलना भूतल की किसी भी वस्तु से नहीं की जा सकती।

सोचा जाए तो इसके पीछे हमारी ईर्ष्यालु प्रवृत्ति ही काम करती है, किन्तु इससे नुक़सान में हम ही अधिक रहते हैं, क्योंकि इसके कारण हम एक महत्वपूर्ण मानवीय गुण से वंचित रह जाते हैं। प्रशंसा करना भी एक कला है। प्रशंसा करने के अनेक फ़ायदे हैं। हमारी प्रशंसा के दो मीठे बोल सामने वाले को न केवल उत्साहित करते हैं, बल्कि ऐसा कर हम उसके दिल में सम्मानजनक स्थान भी बना लेते हैं। निश्चय ही इससे हमारे दोस्तों का दायरा भी बढ़ता है। सभी ध्वनियों में सर्वाधिक मधुर ध्वनि प्रशंसा की है, जिसे हर कोई सुनना चाहता है और जिसके मुख से वह इसे सुनता है, उसका दोस्त बन जाता है। डेल कारनेगी प्रशंसा को आत्मपूजा कहते हैं, जो किसी भी व्यक्ति के लिए पौष्टिक भोजन से अधिक पोषण का कार्य करती है। वह लिखते हैं : हम अपनी सन्तान, अपने मित्र और अपने नौकरों के पोषण का तो ध्यान रखते हैं, किन्तु उनकी आत्मपूजा को पोषित नहीं करते। उन्हें बलवान बनाने के लिए हम उन्हें दूध, घी, मांस आदि तो खिलाते हैं, किन्तु उनके प्रति यथोचित गुणग्राहकता से युक्त दयापूर्ण शब्द कहने में कंजूसी करते हैं, जब कि ऐसे शब्द प्रातःकालीन नक्षत्रों के संगीत की भांति उनकी स्मृति में गूंजते रहते हैं।

किन्तु प्रशंसा का केवल इतना ही लाभ नहीं है कि वह आत्मीयों की संख्या बढ़ाती है या हम इसके द्वारा लोगों को आगे बढ़ने को प्रेरित करते हैं। प्रशंसा का वास्तविक फ़ायदा यह है कि यह हमें स्वास्थ्य भी प्रदान करती है। किसी परिचित की कामयाबी पर हमारे मन में प्रशंसा के भाव नहीं उठेंगे, तो अवश्य ही ईर्ष्या के उठेंगे। उल्लेखनीय है कि आधुनिक चिकित्सकों का यह मान्य सिद्धान्त है कि ईर्ष्या की भावना हमारे लिए अत्यन्त घातक होती है। इसके कारण न केवल हमारा मानसिक सन्तुलन गड़बड़ाता है, बल्कि अनेकानेक शारीरिक रोग भी हमें ग्रस्त करते हैं। हम कितने ही सरूप व्यक्तित्व के स्वामी क्यों न हों, ईर्ष्या मन में घुसते

ही निश्चित रूप से हमारे सम्पूर्ण व्यक्तित्व को विद्रूप कर देती है। इसके विपरीत किसी की उन्नति पर हमारे मन में उठी ख़ुशी की लहर हमारे समस्त शरीर और व्यक्तित्व को स्वस्थ रखती है।

कुछ लोग प्रशंसा तो करते हैं, किन्तु केवल अपनी, अपने बच्चों की या फिर अपने ख़ानदान की। ऐसे लोग अहं के दायरे से कभी बाहर नहीं निकलते। आत्मसम्मान हममें अवश्य होना चाहिए, किन्तु आत्मप्रशंसा... इससे बचने का जितना प्रयास किया जाए उतना ही अच्छा है। अपने मुंह मियां मिट्ठू बनने वाला कभी आदर का पात्र नहीं होता। ऐसे लोगों से कोई ज़्यादा देर बात करना पसन्द नहीं करता, पर दुर्भाग्य से संसार में ऐसे लोगों की संख्या ज़्यादा है। गोस्वामी तुलसीदास ऐसे लोगों को नदी के समान कहते हैं, जो ज़्यादा पानी पीने से अपने ही बाढ़ में बढ़ जाती है। इसके विपरीत दूसरों की उन्नति से प्रसन्न होने वाले उस समुद्र के समान होते हैं, जो पूर्ण चन्द्रमा को देखकर बढ़ता है :

जग बहु नर सरसरि सम भाई। जे निज बाढ़ बढ़ई जल पाई।
सज्जन संत सिन्धु सम कोई। देखि पूर विधु बाढ़ई जोई॥

कभी-कभी हम किसी की कुछ ज़्यादा ही प्रशंसा कर जाते हैं। अनजाने में तो यह क्षम्य है, किन्तु जान-बूझकर यह की जाए, वह भी किसी स्वार्थवश, तो अवश्य ही निन्दनीय है। हालांकि इससे कभी-कभी व्यक्ति का काम सिद्ध हो जाता है, किन्तु वास्तव में इससे उसकी हानि ही अधिक होती है। इससे उस पर चापलूस होने का ठप्पा लग जाता है। ऐसे व्यक्ति अक्सर निरादर के पात्र बनते हैं। उनमें और दुम हिलाने वाले कुत्ते में अधिक अन्तर नहीं रह जाता और यदि सामने वाला उसकी चालाकी समझ जाए और वह चापलूसी पसन्द न करता हो, तब तो काम बिगड़ने की सम्भावना भी रहती है।

कहने का मतलब कि प्रशंसा कीजिए, पर अपनी नहीं दूसरों की और इतनी नहीं कि वह प्रशंसा न लगकर चापलूसी लगे।

यहां एक और बात उल्लेखनीय है। जैसे प्रशंसा करना एक कला है, वैसे ही प्रशंसा ग्रहण करना भी एक कला है। अपनी प्रशंसा सबको प्रिय होती है, पर प्रशंसा सुनकर फूल मत जाइए। तरीक़े से इसके लिए सामने वाले को धन्यवाद दीजिए। यदि आपको लगता है कि आप उतनी प्रशंसा के हक़दार नहीं हैं तो इनकार के शब्दों को विनम्रता से कहिए, ऐसा न हो कि सामने वाला उसका कुछ दूसरा ही अर्थ लगाए। लारोश फूको का एक मज़ेदार कथन यहां ध्यान रखने योग्य है : प्रशंसा से इनकार करने का अर्थ है दोबारा प्रशंसा सुनने के लिए लालायित रहना। और हां, प्रशंसा के साथ-साथ निन्दा सुनने के लिए भी अपने कान खुले रखिए। निन्दा उतनी निन्दनीय नहीं होती, जितना लोग समझते हैं। इसका भी अपना महत्व है, तभी तो कबीर ने निन्दक को भी नियरे रखने की सलाह दी थी। जब हम अपने दुर्गुणों को जानेंगे, तभी तो उन्हें दूर करने का प्रयास करेंगे और फिर वास्तव में प्रशंसा के पात्र बनेंगे। बाइबिल का कथन है : मूर्खों की प्रशंसा की अपेक्षा बुद्धिमानों की आलोचना सुनना बेहतर है।

अन्त में :

> Get someone else to blow your horn and the sound will carry twice as for.
>
> – *Will Roger Get*

> Praise undeserved is a satire in disguise.
>
> – *H. Broadhurst*

प्रार्थना

हाल ही की बात है। पड़ोस के दादा जी लड्डू लेकर पहुंचे। ख़ुशी-ख़ुशी सबको बांटते हुए कहने लगे, पोते का प्रमोशन हुआ है। इसके लिए महीने-भर से सुबह-शाम बजरंगबली के सामने गुहार लगाता था। पूरे दस किलो लड्डू चढ़ाने की मानता मानी थी, आख़िर भगवान ने सुन ही ली मेरी प्रार्थना।

दादा जी से लड्डू ग्रहण करते वक़्त मैंने उनकी ख़ुशी में ख़ुशी जाहिर की, पर वहां बैठे एक नास्तिक मेहमान हंस पड़े। बोले, "वाह दादा जी! आजकल तो भगवान भी बड़े रिश्वतख़ोर हो गए हैं। बिना दान-दक्षिणा और खुशामद के वे भी नहीं सुनते।'

दादा जी तो यह सुन हो-हो कर हंसते हुए चल दिए, किन्तु वह सज्जन लगे ईश्वर की धज्जियां उड़ाने, कहने लगे, ऐसे ईश्वर और एक ख़ुशामद पसन्द ईश्वर में अन्तर ही क्या है? मैं तो कर्म में विश्वास रखता हूं। जैसा मैंने किया है, मुझे उसका वैसा ही फल मिलना चाहिए। अगर ईश्वर इसमें किसी कारण फेरबदल करे, तो मैं उसे ईश्वर नहीं मानता। इससे तो मैं नास्तिक भला।

बात मुझे जंची। यदि वास्तव में हमारे कर्मफल महत्वपूर्ण हैं, तो ईश्वर को इसमें हस्तक्षेप नहीं करना चाहिए। किन्तु क्या इसी से

नास्तिक हुआ जाए? क्या कुछ मांगने के लिए ही ईश्वर है? ईश्वर की क्या कोई अन्य उपयोगिता नहीं है? यहां मुझे लगा कि मेरे बन्धु ग़लत सोचते हैं।

और मुझे याद आई उपनिषदों के ऋषियों की वह प्रार्थना, जिसमें वे कहते थे : असतो मा सद्गमय, तमसो मा ज्योतिर्गमय, मृत्योऽर्मा अमृतगमय। अर्थात हे प्रभु, मुझे असत् से सत् की ओर, अन्धकार से प्रकाश की ओर तथा मृत्यु से अमरता की ओर ले चल। यहां तो किसी भौतिक वस्तु की कामना नहीं है। केवल एक सहारे, एक मार्गदर्शक की ज़रूरत है, जो हमें उच्च जीवन की ओर ले जाए।

कुछ इसी प्रकार की प्रार्थना जर्मन कवि गेटे भी किया करते थे : हे संसार के रक्षक! तू मुझे सन्मार्ग पर चलाना। अन्धकार में जब कभी मैं भटक जाऊं, तू प्रकाश की किरण चमका देना, मुझे गिरने से बचा लेना। इसी तरह सुकरात की प्रार्थना देखिए : हे प्रभु, तुम मेरी आत्मा को सत्य और सौन्दर्य से भर दो। मेरे मन और वाणी का भेद मिटा दो।

सन्त फ्रांसिस भी बड़ी सुन्दर प्रार्थना किया करते थे। वह ईश्वर से कहते थे : मुझे अपनी शक्ति का उपकरण बना, ताकि मैं घृणा के बदले प्रेम, अपकार के बदले क्षमा, नैराश्य के बदले आशा, अन्धकार के बदले प्रकाश और उदासी के बदले उल्लास बांट सकूं, क्योंकि हम देकर ही ले सकते हैं तथा क्षमा करके ही क्षमा के पात्र बन सकते हैं।

प्रार्थना एक प्रकार का आत्मनिवेदन है, जिसमें भक्त भगवान के आगे अपना मन खोलकर रख देता है। अपनी कमज़ोरी ईश्वर के सामने रखकर वह उससे बल की याचना करता है, ताकि वह जीवन में उच्च जीवन-मूल्यों को प्राप्त कर सके। जिस तरह साबुन कपड़े के मैल को साफ़ कर देता है, उसी तरह प्रार्थना हमारे मन के कालुष्य को धोकर उसे उजला बनाती है।

गांधी जी की दृष्टि में भी प्रार्थना अत्यन्त महत्वपूर्ण थी। वह कहते थे : प्रार्थना धर्म की आत्मा और सार है। गांधी जी से भोजन और पानी भले ही छूट जाए, पर प्रतिदिन की प्रार्थना नहीं छूटती थी। किन्तु वह यह भी कहते थे : प्रार्थना याचना नहीं है। यह तो समर्पण की एक महान प्रक्रिया है, जो साधक के व्यक्तित्व को अनगिनत विभूतियों से सुसम्पन्न बना देती है। शायद इसीलिए प्रत्येक धर्म में प्रार्थना को महत्व दिया गया है।

प्रार्थना के साथ मन का होना भी ज़रूरी है। प्रार्थना चाहे कितनी भी उदात्त भाव वाली हो, पर यदि वह मन को छुए बिना वाणी का उच्चारण मात्र होती है, तो बेकार जाती है। गांधी जी कहते थे : प्रार्थना में हृदय न हो और शब्द हो, इसके बदले यह श्रेयस्कर है कि शब्द न हो, पर हृदय हो। बाइबिल में ईसा की उक्ति है : तुम पाखंडियों के समान लोगों को दिखाने के लिए प्रार्थना मत करो, बल्कि एकान्त में चुपचाप अपना हृदय परमेश्वर के सामने खोल दो। तुम्हारा पिता तुम्हारे मांगने के पहले ही यह जानता है कि तुम्हें क्या चाहिए।

विद्वानों ने इस बात पर भी ज़ोर दिया है कि प्रार्थना की सार्थकता के लिए मन के साथ कर्म का होना भी ज़रूरी है। विनोबा भावे कहते थे : प्रभु से हम जिस प्रकार के जीवन की प्रार्थना करते हैं, वैसे ही जीवन के लिए हमें स्वयं भी प्रयत्नशील होना होगा। जैसे, यदि हम कहें कि हमें असत् से सत् की ओर ले चल, तो हमें इस हेतु स्वयं भी प्रयत्नशील होना होगा। बाइबिल में भी कहा गया है : जैसे देह आत्मा के बिना मरी हुई होती है, वैसे ही ईश्वर पर हमारा विश्वास कर्म के बिना मरा हुआ होता है।

प्रार्थना में बाहरी आडम्बर भी किए जाते हैं, किन्तु यदि वे मन को पवित्र नहीं बनाते तो बेकार हैं। इसलिए एक बार जगन्नाथ के मन्दिर में दीपकों से भरे थाल से भगवान की आरती उतारे जाते देखकर तथा मुक्ता-जड़ित सोने के थाल में पुष्प एवं अन्य सुगन्धित द्रव्यादि अर्पित किए। जाते देखकर गुरुनानक साहब के मुख से निकल पड़ा था :

हे प्रभु! सूर्य और चन्द्रमा तेरे दीपक हैं,
यह अनन्त आकाश तेरा थाल है,
और जगमग करते ये तारे ही उसमें जड़े हीरे–मोती हैं,
चन्दन की सुगन्ध ही तेरी आराधना के धूपादि हैं,
पवन तुझे व्यजन डुलाता है,
और ये सारे वन तेरी अर्चना के पुष्प हैं।

एक धार्मिक व्यक्ति के लिए ईश्वरीय इच्छा सर्वोपरि होती है। इसलिए अपनी प्रार्थना में वह इस बात पर भी ध्यान देता है कि ईश्वरीय आदेश को सर्वोपरि मानते हुए स्वीकार करें। जैसे रवीन्द्रनाथ ठाकुर कहते थे : तोमार इच्छा पूर्ण होउक करुणामय स्वामी। इसी तरह ईसा कहते थे : हे प्रभु! जैसा मैं चाहता हूं, वैसा नहीं, जैसा तू चाहता है, वैसा हो। सुकरात किसी भी धार्मिक व्यक्ति से प्रश्न करते थे : क्या तू ईश्वर की ओर देखने और यह कहने का साहस कर सकता है कि अब से तुम मेरे साथ चाहे जैसा व्यवहार करो, मेरा मन अब तुममें लगा है। मैं तुम्हारा हूं। सन्त फ्रांसिस सालेस की प्रिय प्रार्थना थी : हां, पिता हां, और हमेशा हां।

किन्तु हमारी इस दुनिया में ऐसे लोगों की भी कमी नहीं है, जो पुरुषार्थ को परम मानते हैं। ऐसे लोगों के अनुसार दैव-दैव की रट केवल आलसी ही लगाते हैं। इनके लिए मानव की संकल्प-शक्ति ईश्वरीय इच्छा से अधिक प्रभावशाली होती है। ऐसे लोग किसी तरह की याचना पसन्द नहीं करते। हरिवंशराय बच्चन कुछ ऐसे ही भाव प्रकट करते हुए कहते हैं :

प्रार्थना मत कर, मत कर, मत कर।
युद्ध क्षेत्र में दिखला भुजबल रहकर अविजित, अचल, प्रतिपल,
मनुज पराजय के स्मारक हैं मठ, मस्जिद, गिरिजाघर,
प्रार्थना मत कर, मत कर, मत कर।

झुकी हुई अभिमानी गर्दन, बंधे हाथ नत निष्प्रभ लोचन,
यह मनुष्य का चित्र नहीं है पशु का है रे कायर,
प्रार्थना मत कर, मत कर, मत कर।

ईश्वर से हम भौतिक वरदान न मांगें, पर वह शक्ति तो मांग सकते हैं, जो हमें विपत्तियों का सामना करने की ताक़त देती है। रवीन्द्रनाथ ठाकुर की ऐसी ही सुन्दर प्रार्थना है :

प्रभो विपत्तियों से रक्षा करो,
यह प्रार्थना लेकर मैं तेरे द्वार नहीं आया,
विपत्तियों से भयभीत न हो जाऊं, यही वरदान दे।
दुःख से व्यथित चित्त को तेरी सान्त्वना की इच्छा नहीं है
दुःखों पर विजय पाऊं, यह आशीर्वाद दे, यही प्रार्थना है।
मुझे बचा ले, यह प्रार्थना लेकर मैं तेरे द्वार नहीं आया,
केवल संसार सागर में तैरते रहने की शक्ति तुझसे मांगता हूं।

अन्त में :

बन्दगी यूं तो इंसान की फितरत है
नाज जिस पर करे सजदे वह जबीं पैदा कर

– जिगर मुरादाबादी

तू गम दे या ख़ुशी दे तुझे अख़्तियार है
हम बेनियाज़[1] हो गए दामन पसार कर

– अनवर मिर्ज़ापुरी

---

1. निर्लिप्त।

बधाई

एक छोटा-सा वाक्य है, 'बधाई हो।' अपने किसी परिचित की सफलता पर हमारे द्वारा उच्चारित यह वाक्य है तो छोटा-सा, किन्तु बड़ा प्रभावकारी है। इसीलिए प्रत्येक सभ्य एवं सुसंस्कृत समाज में इस तरह का कोई-न-कोई वाक्य या शब्द अवश्य प्रचलित रहता है।

किसी की सफलता पर उसे बधाई देना एक महत्वपूर्ण सद्गुण है। वैसे तो किसी को बधाई देने के लिए, अपने हृदय की ख़ुशी व्यक्त करते हुए, 'बधाई हो' कहना ही काफ़ी होता है, किन्तु आजकल ऐसी भावनाओं को व्यक्त करने के लिए बाज़ार में तरह-तरह के सुन्दर काड्र्स भी मिलते हैं। आजकल की चकाचौंध-पसन्द दुनिया में इनका बड़ा माकूल प्रभाव भी पड़ता है।

अतः किसी को बधाई देने के लिए आप बख़ूबी ऐसे काड्र्स का प्रयोग कर सकते हैं, ख़ासकर व्यक्ति जब आपके सामने न हो, तब पोस्ट द्वारा भेजे गए ऐसे काड्र्स आपकी भावनाओं की अभिव्यक्ति के अच्छे वाहक होते हैं। यदि आप ऐसे रंग-बिरंगे काड्र्स न ख़रीद सकें, तो कोई बात नहीं, सादे पत्र पर भी आप बधाई भेज सकते हैं।

बाज़ार से ख़रीदे गए कार्ड में छपे उधार के शब्दों के बजाय अपने शब्दों में, अपने मन से लिखा गया बधाई सन्देश कहीं अधिक असरकारी

होता है। ख़ैर, जैसे भी हो, किसी की सफलता पर हमें उसे बधाई ज़रूर देनी चाहिए।

यहां प्रश्न उठता है कि यह बधाई देने का काम हम क्यूं करें? दूसरों की सफलता से हमें क्या फ़ायदा? क्या यह एक प्रकार की औपचारिकता मात्र नहीं है, महज़ एक ख़ानापूर्ति? बधाई देने के असली महत्व को समझने के लिए इन प्रश्नों पर विचार करना आवश्यक है, अतः आइए, पहले इन्हीं पर विचार करें।

सफलता, मुश्किलों से प्राप्त मंज़िल होती है, जहां पहुंचकर व्यक्ति न केवल इस लम्बी दूरी को पार करने की थकान भूल जाता है, बल्कि अपने उद्देश्य को प्राप्त कर लेने के सुख से सराबोर भी हो उठता है। अपने इस सुख की परछाईं वह अपने परिचितों के चेहरों पर भी देखना चाहता है। ऐसे समय दूसरों के मुख से अपने लिए कहे गए बधाई के दो शब्द न केवल उसकी ख़ुशी को दुगुना करते हैं, बल्कि उसे आगे बढ़ने को भी प्रेरित करते हैं। फिर, दूसरों की ख़ुशी में शामिल होकर हम भी तो लाभान्वित होते हैं। किसी को बधाई देकर निश्चय ही हम उसके हृदय के निकट पहुंचते हैं। जाहिर है, इससे हमारे आपसी सम्बन्धों में मज़बूती की गुंजाइश बनती है और आज के युग में दूसरों से मजबूत सम्बन्ध बनाना कितना आवश्यक है, यह हर कोई जानता है।

इसके विपरीत दूसरों की सफलता पर कोई ख़ुशी जाहिर न करना अथवा जानबूझकर अनजान बनते हुए मौन रहना हमारे लिए हानिकारक हो सकता है। हमारा यह मौन दो कारणों से हो सकता है, एक तो आलस्यवश और दूसरा ईर्ष्यावश। इनमें से आलस्यवश मौन रहना उतना हानिकारक नहीं होता जितना ईर्ष्यावश। जब हम ईष्यवश दूसरों को बधाई नहीं देते, तो हमारे आपसी सम्बन्धों में दरार पड़ते देर नहीं लगती। पर इससे भी बड़ी हानि हमें यह होती है कि हमारी ईर्ष्या स्वयं हमें जलाकर राख करती है। ईर्ष्या का यह आवेग हमारे हृदय के लिए बड़ा घातक होता है, इसलिए किसी की सफलता पर हमें हर हालत में बधाई देनी चाहिए।

अन्त में एक महत्वपूर्ण बात और, हालांकि अब तक हमने बधाई देने या न देने से व्यावहारिक जीवन में होने वाले लाभ-हानि पर विचार किया है, किन्तु प्रत्येक सद्गुण का अपने-आप में एक मूल्य होता है, जिसे लाभ-हानि के तराज़ू पर नहीं तौला जा सकता। सच तो यह है कि स्वार्थ की भावना से किया गया कोई भी कार्य अपने-आप में मूल्यवान नहीं होता। जहां तक बधाई देने का गुण है, इस पर भी यदि हम लाभ-हानि से हटकर विचार करें, तो पाएंगे कि इसका विकास प्रत्येक मनुष्य में होना आवश्यक है, क्योंकि यह मनुष्य को मनुष्य बने रहने में सहायक होता है। दरअसल यह जिस मैत्री भावना का हममें सृजन करता है, उसका प्रत्येक मनुष्य में होना आवश्यक है। इस पृथ्वी पर मनुष्य के लिए भोजन और पानी की कमी उतनी नुक़सानदेह नहीं है, जितनी आपसी प्रेम और भाईचारे की कमी। अतः यह बहुत ज़रूरी है कि हम अपने मन को ऐसे संस्कार दें कि वह किसी की सफलता पर बजाय कुढ़ने के उसे तहेदिल से मुबारकबाद दें।

अन्त में :

> महिमामय और श्रेष्ठ को ग्रहण करने की शक्ति हमें मिलती है केवल चारों ओर की वास्तविकता को लगातार अपने-आप में समेटते रहने से।
>
> — थोरो

बातचीत

हाल ही की बात है। किसी तरह समय निकालकर मैं अपनी एक परिचित से मिलने उसके घर गई। बड़ी गर्मजोशी से उसने मेरा स्वागत किया और हम अनेक विषयों पर बातें करने लगे। थोड़ी ही देर बाद उसकी एक अन्य मित्र पधारी, जिससे मैं पूर्व परिचित थी। मैंने कहा, 'चलो अच्छा हुआ आपसे यहीं मुलाक़ात हो गई। बहुत दिनों से मिलने का मन था।' उसने भी इस अचानक मिलन पर ख़ुशी जाहिर की और तब दो की जगह तीन लोगों में बातचीत होने लगी। कुछ देर तो बड़ा अच्छा लगा, पर फिर मेरा मन बातचीत से उखड़ने लगा। कारण यह था कि वे दोनों जब भी मुझसे बोलतीं, तब तो हिन्दी में ही बोलतीं, किन्तु जब आपस में बात करतीं, तब अपनी भाषा में बात करने लग जातीं।

हालांकि उनकी बातों में कुछ भी गोपनीयता नहीं थी, यह मैं समझ रही थी, किन्तु फिर मुझसे वहां अधिक देर बैठा नहीं गया। कुछ ऊब और अपमान-सा महसूस हुआ और मैं वहां से उठकर चली आई।

बातचीत में इस प्रकार ऊबने का अनुभव निश्चय ही आपको भी कभी-न-कभी ज़रूर हुआ होगा। अपनी मातृभाषा से प्रेम होना और आपस में अपनी ही भाषा में बात करना अच्छी बात है। निश्चय ही हमें अपनी मातृभाषा में बात करने का पूरा अधिकार है, किन्तु बातचीत में

हिस्सा लेने वाला तीसरा व्यक्ति यदि आपकी बात नहीं समझ-बोल पाता हो, तब तो आपका यह मातृभाषा प्रेम ज़रा भी उचित नहीं कहलाएगा।

बातचीत में ऊबने का एक अनुभव मुझे तब भी हुआ, जब मेरे घर बैठे दो इंजीनियर केवल अपने पेशे से सम्बन्धित बातें ही कर रहे थे, हालांकि वहां दूसरे लोग भी बैठे थे। अपने पेशे से सम्बन्धित बात करना अच्छा है, ज़रूरी भी है, किन्तु तभी, जब वहां बैठे दूसरे लोग जो उस बातचीत में हिस्सा ले रहे हों, उसमें उनकी भी रुचि हो। यदि अन्य लोगों को उसमें रुचि नहीं, तो आपकी बातचीत अशोभनीय है।

बातचीत तब भी अशोभनीय लगती है, जब कोई चिल्ला-चिल्लाकर, अंग-संचालन करते हुए, जैसे, हाथ, भौं आदि चढ़ा-चढ़ा कर बात करे, मानो लड़ रहा हो। लड़ाई ही लड़नी हो तो और बात है, अन्यथा संयत होकर, संयत भाषा और संयत आवाज़ में बात करना अधिक अच्छा होता है। बातचीत का यह तरीक़ा आपके व्यक्तित्व को प्रभावशाली बनाता है।

कुछ लोग लगातार अपने दुःखड़े रोने, बात-बात पर इसकी-उसकी बुराई करने, एक ही विषय पर बार-बार चर्चा करने अथवा झूठ-मूठ की बातें बनाने के आदी होते हैं। ऐसे लोग किन्हीं कारणों से अपने को असुरक्षित समझते हैं और चाहते हैं कि वे किसी तरह अन्य लोगों की सहानुभूति प्राप्त कर लें। किन्तु ऐसे लोगों को किसी की सहानुभूति तो नहीं मिलती, हां, अलोकप्रियता ज़रूर हिस्से में आती है। इसलिए बातचीत में अपने अनावश्यक दुखड़े जब-तब मत रोइए।

दुनिया रोने वालों को नहीं, हंसने वालों को पसन्द करती है। किन्तु इसका मतलब यह भी नहीं कि आप जब-तब ठहाके लगाते रहिए। इसी तरह मज़ाक़-मज़ाक़ में किसी को नीचा दिखाने के लिए किसी पर छींटाकशी करना भी अनुचित है। यदि आपका किसी से मतभेद हो तो साफ़-साफ़ कहिए। बातचीत में अपशब्दों का प्रयोग भी आपके व्यक्तित्व को हल्का बनाता है। थोड़ी-थोड़ी देर में किसी ख़ास शब्द या वाक्य का प्रयोग, अर्थात आपका तकिया क़लाम आपको हंसी का पात्र बनाता है, इससे भी बचें।

कुछ लोगों को बात-बात में अपनी ही तारीफ़ करने की आदत होती है। भले ही आप उस तारीफ़ के हक़दार हों, पर इसे किसी और को करने दीजिए, अन्यथा निश्चय ही आपका अवमूल्यन होने लगेगा। किसी विद्वान ने इस सम्बन्ध में बड़ी सुन्दर बात कही है : उचित से अधिक अपना मूल्यांकन मत कीजिए। इससे दूसरों के हृदय पर चोट पहुंचती है और संसार आपका विरोध करने लगता है तथा आपके सही मूल्यांकन में कटौती करने लगता है। संसार विचारों की ईमानदारी का सम्मान करता है।

कुछ लोग हर बैठक में बातचीत का केन्द्र बने रहना चाहते हैं। किसी विषय के आप अच्छे जानकार हैं तब तो ख़ूब बोलिए, लोग आपको सुनना पसन्द करेंगे। लेकिन हर बात में हर वक़्त लगातार बोलते जाना, किसी और को बोलने का मौक़ा न देना, यक़ीनन बुरा है। अच्छे वक़्ता को एक अच्छा श्रोता भी होना चाहिए। सामने वाले की बात पूरी सुनिए, फिर अपनी कहिए और यदि कोई आपकी बातों से ऊब रहा हो, तो कृपया चुप हो जाइए, अन्यथा आप पर बकबक करने वाले का लेबल लग जाएगा।

ज़्यादा बोलने के ठीक विपरीत है, बहुत कम बोलना। वैसे तो ज़्यादा बोलने की अपेक्षा कम बोलना अच्छा माना जाता है, किन्तु चार लोगों की बैठक में एक़दम चुप बैठना या तो आपको घमंडी सिद्ध करता है या फिर मूर्ख। ऐसे लोगों की उपस्थिति कई बार बड़ी उबाऊ हो जाती है। बातचीत तो ज़रूरी है, बशर्ते कि बातचीत कोरी गपबाज़ी या किसी की निन्दा-पुराण न हो।

हेलन गर्ली ब्राउन लिखते हैं : हममें से अधिकांश लोग संकोची होते हैं। लेकिन यह बहाना–माला काफ़ी नहीं है। आपको प्रयास करना होगा, यह एक शालीन और विनम्र इंसान होने का आवश्यक अंग है। किन्तु इसका मतलब यह नहीं कि बातचीत का उद्देश्य अपने-आप को, अपने व्यक्तित्व को अच्छे रूप में प्रस्तुत करना है। कुछ लोग बातचीत में तो बड़े मीठे होते हैं, किन्तु वास्तव में ऊपर से कुछ, भीतर से कुछ और होते हैं। ऐसे लोग बड़ी चालाकी से दूसरों को प्रभावित कर अपना सिक्का जमाते हैं, किन्तु यह बातचीत का

दुरुपयोग ही कहा जाएगा। बातचीत का असली उद्देश्य तो लोगों को समझाना, ज़रूरत के समय उन्हें समझना, उनके क़रीब पहुंचना है। दूसरे शब्दों में यह मानवीय भावनाओं के एवं उच्च जीवन-मूल्यों के विकास का साधन है।

मार्टिन बूवर कहते हैं : किताबें पढ़ने की अपेक्षा दूसरों से बातें करना मुझे अधिक पसन्द है, क्योंकि बातचीत में मैं दूसरे मनुष्य को अपने अधिक क़रीब महसूस करता हूं। बूवर मानते हैं कि हम दूसरे मनुष्यों के माध्यम से ही अपने अस्तित्व की सार्थकता अर्जित कर सकते हैं। उनके शब्दों में, आवश्यकता इस बात की नहीं है कि हम दूसरे को अपनी बात मनवाने को मजबूर करते हैं, बल्कि इस बात की है कि हम उसके मुक्त अस्तित्व को पूर्ण गरिमा के साथ सम्मान देते हुए उसके सामने अपनी बात नितान्त सहजता से कहें और इस बात का इन्तजार करें कि वह हमारी बात से किस प्रकार अपनी निजता बनाए रखते हुए प्रभावित होता है। अस्तित्वपरक वार्तालाप की यह अनिवार्य शर्त है और अनिवार्य कसौटी भी।

बातचीत को यूनानी दार्शनिक सुकरात भी महत्व देते थे। वह कहते थे : मैं शहर से बाहर खेतों और जंगलों में घूमने जाना इसलिए पसन्द नहीं करता हूं, क्योंकि वहां बातें करने के लिए मनुष्य नहीं मिलते।

अन्त में :

> ऐ अक्लमन्द! संसार में हर बात का ओर भी होता है और छोर भी अर्थात आदि भी और अन्त भी। तब तू बात के बीच में ही क्यों बोलता है? जिसमें तदबीर, अक्ल और होश सब-कुछ होते हैं, वह उस वक़्त तक बात नहीं करता, जब तक कि दूसरों को ख़ामोश नहीं देख लेता।
>
> – शेख़ सादी

बोरियत

अक्सर हम ऐसे लोगों से टकराते रहते हैं, जो सब-कुछ सुविधाएं होते हुए भी यह रोना रोते रहते हैं कि वे बोर हो रहे हैं। उनकी समझ में नहीं आता कि वे क्या करें? समय काटना उनके लिए समस्या होती है। घड़ी की सुइयां उन्हें बड़े धीरे-धीरे चलती नज़र आती हैं। ऐसे व्यक्ति अक्सर अपने समय और परिस्थिति को कोसते रहते हैं तथा बड़े निराशावादी होते हैं। जीवन इनके लिए कष्टमय हो जाता है। ऐसी मनःस्थिति उन लोगों की अधिक दिखाई देती है, जिन्हें करने को कोई काम नहीं होता, जैसे अवकाश-प्राप्त वृद्ध, घरेलू महिलाएं, जिनके घर के काम के लिए नौकर लगे रहते हैं, बेरोज़गार व्यक्ति या ऐसे आलसी लोग जो जानबूझकर कोई काम नहीं करना चाहते।

आपने किसी मेहनतकश व्यक्ति के मुख से यह नहीं सुना होगा कि वह दिन-भर बोर होता है। स्पष्ट है कि बोर होने का सीधा सम्बन्ध हमारे ख़ाली बैठने से है। प्रसिद्ध फ्रेंच विचारक वाल्टेयर, जो स्वयं नब्बे वर्ष तक लगातार सक्रिय रहे, कहा करते थे : यदि तुम आत्महत्या के लोभ से बचना चाहते हो, तो लगातार सक्रिय रहो, ख़ाली मत बैठो, क्योंकि काम नहीं करना और मर जाना इन दोनों में कोई अन्तर नहीं है। वाल्टेयर तो यहां तक कहते थे कि दुनिया में सभी भले हैं, केवल उन्हें छोड़कर जो काम नहीं करते।

प्रसिद्ध अस्तित्ववादी चिन्तक ज्यां पाल सार्त ने हमारे बोर होने अर्थात ऊब का विश्लेषण कुछ इस प्रकार किया है। वह कहते हैं : हम सबके हृदय में शून्यता विद्यमान रहती है, जो तभी उभरकर सामने आती है, जब हम अपने को किसी काम में व्यस्त नहीं करते। जैसे ही व्यक्ति अपने को कहीं जोड़ लेता है, उसकी शून्यता भर जाती है और उसकी बोरियत समाप्त हो जाती है। इससे भी सिद्ध होता है कि ऊब से बचने के लिए क्रियाशीलता ज़रूरी है।

प्रसिद्ध यूनानी दार्शनिक प्लेटो ने भी ऊब से बचने के लिए सदा सक्रिय रहना बहुत ज़रूरी बताया था। उन्होंने अपने यूटोपिया अर्थात आदर्श राज्य की कल्पना में प्रत्येक व्यक्ति को निर्देश दिया था कि वह अपना घर स्वयं बनाएगा, क्योंकि तब उसके हृदय से वैसा ही संगीत निकलेगा जैसा उस पक्षी के हृदय से निकलता है, जो अपना घोंसला स्वयं बनाता है। सृजनरत व्यक्ति के बोर होने का सवाल ही नहीं उठता।

जो व्यक्ति सदा सक्रिय रहने की आदत बना लेते हैं, वे कितनी भी विपरीत परिस्थितियां क्यों न हों, उससे लाभ तो उठाते ही हैं, उस ऊब से भी बच जाते हैं, जो विपरीत परिस्थिति में सामान्यतया लोगों को पागल बना देती है। ऐसे व्यक्ति काल-कोठरी जैसे स्थानों में भी सृजनशील रहते हैं। तिलक, गांधी, नेहरू आदि भारतीय स्वतन्त्रता संग्राम की कुछ ऐसी ही जानी-मानी विभूतियां हैं, जिन्होंने अपने जीवन के अमूल्य वर्ष जेल में बिताए थे, किन्तु परिस्थिति को कोसते रहने के बजाय इन्होंने वहां बहुत से महत्वपूर्ण ग्रन्थों की रचना कर डाली। इससे उन्होंने न केवल अपने को ऊबने से बचाया, बल्कि संसार को अनेक अमूल्य ग्रन्थ भी भेंट किए।

प्रकृति के सान्निध्य में जाना, प्रातःकालीन भ्रमण, व्यायाम, ध्यान, सत्साहित्य का अध्ययन, घर के छोटे-मोटे काम आदि स्वयं को फ़ायदा पहुंचाने वाले कार्य हैं। आस-पड़ोस की मदद करने तथा ग़रीब बच्चों की लिखने-पढ़ने में सहायता करने जैसे कामों के द्वारा आप दूसरों को फ़ायदा पहुंचा सकते हैं।

पर हां, हमारी सक्रियता ऐसी न हो जो स्वयं को और दूसरों को नुक़सान पहुंचाने वाली हो। बोरियत से बचने के लिए गप्पें मारना, परनिन्दा में रस लेना, हल्की फ़िल्में देखना, सस्ती पुस्तकें पढ़ना या दूसरों के काम में हस्तक्षेप करना बोरियत तो कम करते हैं, किन्तु नुक़सान भी पहुंचाते हैं। वैसे ज़्यादातर लोग इन्हीं के सहारे बोर होने से बचते हैं। यदि आप भी ज़्यादातर लोगों में शामिल हों तो कोई बात नहीं, वरना अपने क्रियाकलापों के प्रति सजग रहिए। करने को कुछ नहीं है, तो अपने-आप के साथ रहिए, मौन का आनन्द लीजिए। सच बात तो यह है कि जिसे किसी मंज़िल तक पहुंचना है, उसके पास बोर होने का समय नहीं है।

अन्त में :

गहन सघन मनमोहक वन तरु
मुझको आज बुलाते हैं,
किन्तु किए जो मैंने वादे
याद मुझे आ जाते हैं।
किन्तु कहां आराम बदा
यह मूक निमन्त्रण छलना,
अरे अभी तो मीलों मुझको चलना है
अरे अभी तो मीलों मुझको चलना है।

– रॉबर्ट फॉस्ट

भविष्य

• • • • • •

एक दिन एक नवयुवक से बातें हो रही थीं। अच्छा भला स्वस्थ शरीर था, ख़ासा पढ़ा-लिखा भी था, पर बात-बात में अपने दुर्भाग्य का रोना रो रहा था। बार-बार वह ईश्वर को कोस रहा था जिसने उसका भाग्य, उसके शब्दों में, शायद अंधेरे कमरे में बैठकर लिखा था। वह अपनी ग़रीबी को भी कोस रहा था, जिसके कारण वह भविष्य को बदलने के लिए ज्योतिषियों के द्वारा सुझाए गए रत्न धारण करने में असमर्थ था। एक़दम हताशा की मूर्ति लग रहा था वह।

सचमुच कितनी विचित्र है आज के युवकों की मानसिकता, जो बजाय परिस्थिति का विश्लेषण करने तथा भविष्य को ध्यान में रखकर योजना बनाने, हर घटना के साथ भाग्य को लेकर चलती है। माना कि जिस पर हमारा बस नहीं है, जैसे मृत्यु, उसे भाग्य या होनी का नाम देकर हम बेवजह की चिन्ता या दुःख से बच सकते हैं, किन्तु भविष्य, जिसका हम सृजन करने जा रहे हैं, उसे हम यदि पहले से नियत मान लें, तो कैसे तरक़्क़ी कर सकते हैं? यदि हम कठपुतली हैं, जिसका सूत्रधार कोई और है तब फिर हममें और एक पत्थर में क्या अन्तर रह जाएगा? यदि हम विवेकवान मनुष्य भी अपने को नियति का खिलौना मान लें, तो फिर अपने को स्रष्टा की सर्वश्रेष्ठ कृति कहना क्या बेमानी नहीं है? आख़िर

हम किस दम पर अपने को संसार का सबसे उत्तम सर्वश्रेष्ठ प्राणी कहते हैं? आस्तिक होने का मतलब यह नहीं कि हम अपने को ईश्वर के हाथ का खिलौना समझें। आस्तिकता तो यह भी कहती है कि हम ईश्वर के अंश हैं, तब हम यह क्यों नहीं महसूस करते कि ईश्वर के समान हम भी अपने में परम-मूल्य रखते हैं?

आमतौर पर मनुष्य आस्तिकता का मतलब यही लेता है कि जन्म से मृत्यु तक उसकी तक़दीर ऊपर वाले की कृपा से चलती है। यदि उसके भाग्य में दुःख, ग़रीबी, बेबसी लिखी है तो वह क्या करे? उसे तो सब सहना है। आस्तिकों की इसी दयनीय मानसिकता से चिढ़कर अनेक दार्शनिकों ने ईश्वर के अस्तित्व का खंडन किया है। कार्ल मार्क्स धर्म को ग़रीबों की अफ़ीम कहता था। प्रसिद्ध फ्रांसीसी दार्शनिक ज्यां-पाल सार्त्र ने भी ईश्वर के अस्तित्व का खंडन इसीलिए किया था, क्योंकि ईश्वर को मानकर हम अपनी ज़िम्मेदारियों से बचते हैं, जो कुछ हो रहा है, हम उसके लिए ईश्वर को ज़िम्मेदार ठहरा देते हैं।

सार्त्र मनुष्य को अपूर्ण सत्ता कहता है, जो पूर्णता प्राप्त करने को बेचैन रहती है। मनुष्य की सत्ता भविष्य की ओर उन्मुख रहती है। उसका यह भविष्य ख़ाली रहता है, एक कोरे कैनवास के समान, जिसे उसे स्वयं अपनी इच्छाओं, अपने चुनावों, कल्पनाओं और निर्णयों द्वारा भरना होता है। इस तरह वह निर्मित नहीं है, बल्कि स्वयं का निर्माण करने वाला है। सार्त्र कहता है : हम कोई गोभी का फूल, घास या फंगस नहीं हैं, जो वातावरण के अनुसार अपने–आप उग आती है, मनुष्य एक योजना है जिसे उसे स्वयं बनाना है। इस तरह मनुष्य अपना भाग्य स्वयं तय करता है, अपने परिश्रम, बुद्धिमानी, ईमानदारी और सदाचार से। जो इससे हीन होता है, वही अपने दुर्भाग्य का रोना रोता है।

अच्छा हो कि हम प्रसिद्ध वैज्ञानिक एडिसन का कथन ध्यान में रखें : मैंने आज तक ऐसा आदमी नहीं देखा, जो नित्य जल्दी उठता हो, श्रम करता हो और ईमानदारी से रहता हो, फिर भी दुर्भाग्य की शिकायत करता हो।

पैट्रिक नामक एक विद्वान ने भी भविष्य के सम्बन्ध में एक बड़ी सुन्दर बात कही है : भविष्य कोई ऐसी वस्तु नहीं है, जिसका चुनाव किया जा सके। वह एक ऐसी वस्तु है, जिसका सृजन करना होता है। हमारे सामने विकल्प नहीं होते, परिवर्तित तथा विकसित होता हुआ जीव होता है।

अन्त में :

कभी मैं अपने हाथों की लकीरों में नहीं उलझा
मुझे मालूम है किस्मत का लिक्खा भी बदलता है

– बशीर बद्र

The best way to predict the future is to invent it.

– *Alan Kav*

भला आदमी

क़रीब चौबीस सौ वर्ष पुरानी बात है। यूनान के एथेन्स नामक नगर-राज्य में एक विचित्र मुक़दमा चल रहा था। सत्तर वर्ष का वह बूढ़ा व्यक्ति जो एथेन्सवासियों की भलाई के लिए, उन्हें सही राह दिखाने के लिए, बिना उनसे फ़ीस लिये उन्हें शिक्षा देता रहा, उस पर आरोप लगा था कि वह युवकों को गुमराह करता है। आश्चर्य! आरोपी जीत गए। उसकी तमाम दलीलों के बाद भी वह बेक़सूर बूढ़ा बेचारा अपराधी घोषित हुआ और फिर एथेन्स के क़ानून के मुताबिक उसे इतनी रियायत दी गई कि वह दो दंडों में से एक का चुनाव करे या तो देश निकाला स्वीकार करे या फिर ज़हर का प्याला पीने को तैयार रहे। पाठक समझ गए होंगे कि वह व्यक्ति और कोई नहीं, महान सन्त दार्शनिक सुकरात था। पाठक यह भी जानते होंगे कि सुकरात ने देश निकाले के दंड के बजाय ज़हर पीने का दंड स्वीकार किया था और अन्ततः इसी भयानक दंड के कारण उसके प्राण गए थे।

किन्तु जिसे हम भयानक दंड कह रहे हैं, उसे न्यायाधीश से सुनने के बाद जानते हैं सुकरात ने क्या कहा? उन्होंने कहा : मुझे अभी भी विश्वास है कि एक भले आदमी पर विपत्ति नहीं आ सकती। पर क्या वास्तव में यह सत्य है कि एक भले आदमी पर विपत्ति नहीं आ सकती? आइए, हम यहां ज्ञानी-शिरोमणि सुकरात की इसी बात पर विचार करें।

ऊपरी तौर पर यदि हम सोचें तो लगता है कि बात कुछ ठीक नहीं है। हमारा सामान्य अनुभव तो हमें यही कहता है कि भले आदमी पर भी विपत्ति आती है, बल्कि कुछ ज़्यादा ही आती है, स्वयं सुकरात पर भी तो कुछ कम विपत्तियां नहीं आई थीं। निरपराधी होते हुए भी उन्हें ज़हर पीना पड़ा था। ईसा का क्या क़सूर था, जो उन्हें सूली पर चढ़ना पड़ा था? जिस भारत के लिए गांधी ने अपनी सारी ज़िन्दगी होम कर दी, उसके ही एक वासी की गोली का शिकार उन्हें आख़िर क्यों होना पड़ा? इसी प्रकार के कितने ही और उदाहरण हम गिना सकते हैं, जो इस बात की पुष्टि करते हैं कि एक भले आदमी पर भी विपत्ति आती है, बल्कि कुछ ज़्यादा ही आती है। और यही बात जहां हमें भले मार्ग पर चलने से रोकती है, भयभीत करती है, वहीं हममें यह विचार भी भरती है कि बुरा मार्ग ही ठीक है। ख़ासकर आज के युग में यह भावना आम लोगों में बद्धमूल हो गई है कि ज़माना भलाई का नहीं, बुराई का है। 'सत्यमेव जयते' वाक्य आसमानी आदर्श मात्र है, धरती पर जय तो केवल असत्य की ही होती है। तब क्या सुकरात का वह कथन ग़लत था कि भले पुरुष पर विपत्ति अर ही नहीं सकती?।

किन्तु सुकरात तो अत्यन्त ज्ञानी थे। डेल्फी के भविष्यवक़्ता ने उन्हें उस समय का एथेन्स का सबसे ज्ञानी व्यक्ति कहा था। अतः सुकरात ग़लत कैसे कह सकते हैं? कहीं ऐसा तो नहीं कि हमारे चिन्तन में ही कोई कमी हो? अतः आइए हम कुछ गहराई से इस बात पर पुनर्विचार करें।

फ़र्ज़ करें कि ऊपर हमने जिन महानुभावों पर पड़ी विपत्ति की चर्चा की है, इस विषय में उन्हीं से यदि पूछा जाता तो वे क्या कहते? क्या वे भी इसे विपत्ति कहते? निश्चय ही नहीं। यह हमारा सोचना है कि ज़हर पीते वक़्त सुकरात को बहुत तकलीफ़ हुई होगी या राम अयोध्या का त्याग करते वक़्त दुःखी हुए होंगे या ईसा ने अपने को सूली पर चढ़ाने वालों को श्राप दिया होगा अथवा गांधी ने मरते वक़्त बेचारगी में प्राण त्यागे होंगे। इन महापुरुषों की जीवनी से थोड़ा भी परिचय रखने वाला जानता है कि जिन्हें हम इन पर आई विपत्ति समझते हैं, उन्हें उन महापुरुषों ने हंसते-हंसते झेला था। ज़हर पीते वक़्त जब सुकरात के शिष्य रोने लगे तो उन्होंने उन्हें फटकारा था, यह

कहते हुए कि मैं तो बेहतर स्थान पर जा रहा हूं, तब तुम लोग क्यों रोते हो? राम ने भरत के लाख अनुनय-विनय करने पर भी चौदह वर्षों का वनवास त्याग पुनः अयोध्या का सिंहासन लेने से इनकार किया था। ईसा ने अपने हत्यारों को क्षमा करने की याचना करते हुए ईश्वर से कहा था : हे ईश्वर, इन्हें क्षमा करना, क्योंकि ये नहीं जानते कि ये क्या कर रहे हैं। गांधी ने मरते वक़्त 'हे राम' कहते हुए इत्मीनान से प्राण त्यागे थे। फिर, इन लोगों ने अपने कष्टों को स्वयं ही निमन्त्रित किया था, चाहते तो वे इनसे बच सकते थे।

दरअसल ऐसे पुरुषों का दुनिया को देखने का नज़रिया ही दूसरा होता है। गीता की भाषा में वे स्थितप्रज्ञ होते हैं, जिनकी अभिरुचि केवल कर्तव्यकर्म करने में रहती है। ऐसे पुरुष हानि-लाभ, जय-पराजय, सुख-दुःख को समभाव से देखते हुए समस्त मानवजाति के कल्याण के लिए कर्म करते हैं। मृत्यु-भय उन्हें छू भी नहीं जाता। अब सुकरात को ही लें। जब उन्हें मृत्यु-दंड सुनाया गया, तब उन्होंने कहा था : मृत्यु मेरा कुछ नहीं बिगाड़ सकती। वह तो मुझे ऐसे लोक में ले जाएगी, जहां देवता मेरा स्वागत करने को तैयार होंगे। अपने आरोपियों को सुकरात का अन्तिम वचन था : मैं चलता हूं मृत्यु की ओर और तुम जाओ जीवन की ओर, किन्तु इन दोनों में श्रेष्ठ कौन-सा है, उसे ईश्वर जानता है, केवल ईश्वर जानता है!।

उल्लेखनीय है कि सुकरात की मृत्यु और उनके विरोधियों के जीवन में से श्रेष्ठ कौन–सा था, इसे केवल ईश्वर ही नहीं, बल्कि दुनिया के तमाम लोगों ने जाना और आने वाले युग के हर समझदार व्यक्ति ने उनकी मृत्यु की श्रेष्ठता को नमन किया है।

अन्त में :

क्या हुआ जो हर मुसर्रत छिन गई
आदमी बन गया ग़म उठाने के बाद

– शमीम जयपुरी

मन

• • •

यूं तो इस धरती पर स्थित हर प्राणी विधाता की अनोखी रचना है, अपने आप में सभी श्रेष्ठ, किन्तु इनमें सर्वश्रेष्ठ मानव कहा जाता है। अनेकानेक अंग-प्रत्यंगों से निर्मित मानव की देह में भी सर्वाधिक अनोखी चीज़ है, उसका मन। अन्य प्राणियों से अलग इस मन को पाने के कारण ही उसे मानव या मनुष्य कहा जाता है।

सबसे ज़्यादा महत्वपूर्ण होते हुए भी मन का शरीर में कहीं कोई स्थान नहीं होता, इसलिए इसकी गिनती किसी इन्द्रिय में नहीं होती है, हालांकि कुछ भारतीय विचारकों ने पंच ज्ञानेन्द्रियों और पंच कर्मेन्द्रियों के अतिरिक्त इसे भी एक इन्द्रिय माना है और इस तरह वे मानव शरीर में ग्यारह इन्द्रियां बताते हैं। मन का काम मनन करना बताया गया है। उल्लेखनीय है कि गीता में इसे सर्वश्रेष्ठ इन्द्रिय कहा गया है। जैसा कि कृष्ण अर्जुन से कहते हैं : इन्द्रियों में मन हूं।

अस्तु मन को हम इन्द्रिय मानें या अन्तःकरण, इसके अस्तित्व एवं कार्य से इनकार नहीं किया जा सकता। सच तो यह है कि इसके अभाव में इन्द्रियां बख़ूबी अपना कार्य कर ही नहीं सकतीं। चरक संहिता में कहा गया है : आत्मा, इन्द्रियां तथा विषयों का संयोग होने पर भी मन का संयोग न हो तो ज्ञान नहीं होता। ज्ञान का होना या न होना मन का लक्षण है। यह तो हम

सबका अनुभव है कि किसी भी चीज़ के ज्ञान के लिए मन का होना कितना ज़रूरी है। किताब में आंखें गड़ी हों, पर मन नदारद हो तो सारे काले अक्षर क्या भैंस बराबर नहीं हो जाते? कहने का मतलब कि किसी भी प्रकार के ज्ञान में मन की भूमिका महत्वपूर्ण होती है।

किन्तु मन के साथ कठिनाई यह है कि अत्यधिक चंचल होने के कारण इसको एक जगह स्थिर करना बहुत कठिन होता है। गीता में मन को स्थिर रखना उतना ही दुष्कर कहा गया है, जितना हवा में दीपक को जलाए रखना। मन को वहां स्थिर रखना और भी कठिन हो जाता है, जहां हमें ऐसी चीज़ें सीखनी पड़ती हैं, जिनका सीखना हमारे लिए दुष्कर होता है।

उच्च जीवन मूल्यों पर ध्यान केन्द्रित करना, शुभ विचारों को याद करना अथवा स्वयं में अच्छी आदतों का सृजन करना हमारे लिए इसीलिए कठिन हो जाता है। हां, निम्न प्रवृत्तियों के साथ ज़रूर हमारा मन एकरस हो जाता है, इसीलिए शारीरिक सुखों का उपभोग करने, हलका साहित्य पढ़ने अथवा परदोष-दर्शन में यह इन्द्रियों का पूरा-पूरा साथ देता है, मानो यह इन्द्रियों को पक्का दोस्त हो। किन्तु यह तो पाशविक प्रवृत्ति है। ऐसी प्रवृत्ति से युक्त मनुष्य के लिए कुरान शरीफ़ में कहा गया है : क्या तुमने उस मनुष्य की दशा पर विचार किया, जिसने मन की इच्छा को अपना पूज्य बना लिया है।

क्या तुम उस व्यक्ति को सीधे मार्ग पर लाने का जिम्मा ले सकते हो? क्या तम समझते हो कि उनमें से अधिकतर लोग सुनते और समझते हैं? ये तो जानवरों की भांति हैं, बल्कि उससे भी गए गुजरे। मन की चंचलता के विषय में स्वामी विवेकानन्द कहते हैं : जैसे कोई बन्दर को शराब पिला दी जाए, तो वह अपने स्वभाव से भी ज़्यादा उछल–कूद मचाता है, उसी तरह हमारा मन विषयों को देखकर लगातार इधर–उधर भागता है।

किन्तु ऐसा होता क्यों है? एक ही मन मनन भी करता है, दया, प्रेम आदि सद्गुणों से संचालित होकर मानव को देवत्व की ओर भी ले जाता है

और वही दुष्ट प्रवृत्तियों से संयुक्त होने पर मानव को दानवत्व के गड्ढे में भी ढकेलता है। क्या एक ही मन में दोनों प्रकार की प्रवृत्तियां भरी होती हैं? जी हां। बात यही सही है। इन दोनों में हमेशा संघर्ष चलता रहता है। अब यह हमारे ऊपर निर्भर करता है कि हम किसका साथ देते हैं। यह निश्चित है कि हम जिसका भी साथ देंगे विजय उसी की होगी और उसके अनुसार ही हमें फल भी मिलेगा।

धम्मपद में संकलित दो पदों में बुद्ध कहते हैं : समस्त कार्यों की शुरुआत अच्छे मन से करो। मन श्रेष्ठ है। यदि मनुष्य दुष्ट मन से बोलता है, दुष्ट मन से व्यवहार करता है, तो दुःख मनुष्य का उसी प्रकार अनुसरण करते हैं, जैसे बैलगाड़ी के चक्के बैल के पैरों का अनुसरण करते हैं। इसके विपरीत जो मनुष्य अच्छे मन से बोलता है, अच्छे मन से व्यवहार करता है तो सुख उसका वैसा ही अनुसरण करते हैं, जैसे मनुष्य की छाया उसका अनुसरण करती है।

हमारे प्राचीन ऋषियों ने मन को बस में रखने का एक उपाय बताया है, वह है, योगाभ्यास। इससे मन इन्द्रियों के चंगुल से निकलकर आत्मा के नियन्त्रण में आ जाता है और तब इसके लिए दैवीय प्रवृत्तियों का साथ देना सहज हो जाता है। मनस पर यह नियन्त्रण कर्मयोगी के लिए अत्यन्त आवश्यक है। योगाभ्यास के साथ दृढ़ इच्छाशक्ति का होना भी मन के नियन्त्रण के लिए आवश्यक है।

किसी भी क्षेत्र में सफलता प्राप्त करने के लिए मन पर नियन्त्रण आवश्यक है। गीता में कृष्ण इन्द्रियों की तुलना शरीररूपी रथ में जुते घोड़ों से करते हैं तथा मन की तुलना इन पर लगी लगाम से करते हैं, जैसे रथ को सही राह पर चलाने के लिए घोड़ों की लगाम सारथी के हाथ में होना ज़रूरी है, उसी तरह जीवन-यात्रा को सफल बनाने के लिए इन्द्रियों पर मनरू पी लगाम की ज़रूरत होती है, जिसकी बागडोर बुद्धिरूपी सारथी के हाथ में होना आवश्यक है, तभी व्यक्ति अपने गन्तव्य तक पहुंच सकता है। गीता में एक अन्य स्थान पर चंचल मन को वश में करने के लिए व्यावहारिक

मार्ग भी बताए गए हैं। ये हैं, अभ्यास और वैराग्य। कृष्ण अर्जुन से कहते हैं : असंशयं महाबाहो मनो दुर्निग्रह चलम्। अभ्यासेन तु कौन्तेय वैराग्येण च गृह्यते॥ अर्थात हे अर्जुन! मन को वश में करना निश्चय ही बहुत कठिन है, किन्तु अभ्यास और वैराग्य से यह सम्भव है।

मन का यह नियन्त्रण केवल मन को ही नहीं, तन को भी स्वस्थ रखता है। यह कोई आधुनिक मनोवैज्ञानिक सत्य नहीं है, प्राचीन काल से ही हर देश के विद्वान इससे परिचित रहे हैं। ओल्ड टेस्टामेंट में कहा गया है : शान्त मन तन का जीवन है। मन को जलाने से हड्डिया तक जल जाती हैं। महाभारत में उल्लेख है : मन के दुःखी होने पर शरीर भी सन्तप्त होने लगता है, ठीक वैसे ही जैसे तपाए हुए लोहे को शीतल जल के घड़े में डाल देने पर उसका शीतल जल गरम हो जाता है। इसीलिए जल से अग्नि को शान्त करने के समान ज्ञान के द्वारा मानसिक दुःखों को शान्त करना चाहिए। मन का दुःख मिट जाने पर शरीर का दुःख भी दूर हो जाता है।

इसीलिए बुद्धिमान पुरुष मन पर नियन्त्रण अवश्य करते हैं।

बुद्ध कहते हैं :

> उदकं हि नयन्ति नेतारः इषुकारा नमयन्ति तेजनम्।
> दारू नमयन्ति तक्षका आत्मनं नमयन्ति पंडिताः॥

अर्थात ले जाने वाले पानी को नहर बनाकर ले जाते हैं, बाण का निर्माण करने वाले बाण को ठीक करते हैं। बढ़ई लकड़ी को परिष्कृत करते हैं और बुद्धिमान अपने मन को नियन्त्रित करते हैं।

जो मन नियन्त्रण में नहीं आता, उसे योगवसिष्ठकार उलाहना देते हुए कहते हैं : हे मेरे मन! तू भी उस परमेश्वर के स्वभाव में आ जा, बाहर कब तक भटकेगा? आंख, नाक, कान, त्वचा आदि इन्द्रियों से मिलकर तू कब तक सुख के लिए पागलों के समान भटकेगा? ऐसा करते कई युग बीत गए, मेरे मन अब तो तू आत्मसुख में आ जा। इस पर भी यदि मन नहीं माने, तो

योगवसिष्ठकार कहते हैं : हे मन, अच्छा जा, तुझे जहां भी जाना हो वहां जा, अब तेरे साथ मेरा कोई लेना–देना नहीं है, मैं तेरी दौड़ को देखने वाला तुझसे न्यारा हूं।

जिद्दू कृष्णमूर्ति मन को वश में रखने को एक कला कहते हैं, जो मन में उठने वाले एक-एक विचार के प्रति सजग रहने से सम्पन्न होती है, इसलिए मन को वश में रखने की नहीं मन के अवलोकन की आवश्यकता है, इससे बुरे विचार अपने-आप मन से ग़ायब होने लगते हैं। जब हम अपने मन में जो कुछ हो रहा है, उसके प्रति सजग और सचेत हो जाते हैं, तो हमारा मन हमें धोखा नहीं देता, तब वहां धोखा खाने वाला भी कोई नहीं होता। ऐसा मन असाधारण रूप से शान्त, संवेदनशील, मौन, कोमल और एकाकी हो जाता है, ऐसा मन एक वरदान है। वह पृथ्वी के समान है, असीम सम्भावनाओं से युक्त!

अन्त में :

छोटे मन से कोई बड़ा नहीं होता,
टूटे मन से कोई खड़ा नहीं होता,
मन हारकर मैदान नहीं जीते जाते
न मैदान जीतने से मन ही जीते जाते हैं।

– अटलबिहारी वाजपेयी

मध्यमार्ग

हाल ही की बात है। विदेश-यात्रा से लौटे एक सज्जन से बातें हो रही थीं। बात-बात में ही उन्होंने बताया कि यूरोपीय देशों में बड़ी सम्पन्नता और स्वच्छता है। सड़कें तो ऐसी साफ़ रहती हैं कि सुई भी गिर जाए तो दिखाई दे जाए। हर काम चुस्त-दुरुस्त। ट्रेन हो या बस, आदमी हो या बच्चा, सब घड़ी के निर्धारित कांटे पर, निर्धारित स्थान पर हाज़िर मिलेंगे। कैसा स्वर्ग-सा लगता है वहां! एक अपना देश है, यहां मानो सब नींद में चलते-फिरते, खाते-पीते और अपने काम निपटाते हैं। घड़ी से तो जैसे हमें दुश्मनी है। वैसे रखते हम इसे ज़रूर पास में हैं, किन्तु इसके अनुसार हमें कोई काम निपटाना है, इस ओर से हम पूरी तरह बेफ़िक्र रहते हैं। जब तक हम समय पर काम निपटाने की, घड़ी के अनुसार चलने की आदत नहीं डालते, तब तक किसी हालत में उन्नति नहीं कर सकते, सड़ते रहेंगे इसी नरक में!

विदेश-यात्रा से लौटे उक्त सज्जन की बातें सुनकर उस समय तो मैं अभिभूत-सी रह गई थी। बड़ा क्रोध आ रहा था अपने देशवासियों की काहिली पर। किन्तु फिर अचानक मुझे डॉ. लौरी जौसी का एक कथन याद आया। डॉ. जौसी, क्रोनोबायोलाजी, अर्थात काल जीवशास्त्र के एक अमेरिकन विद्वान हैं। स्पेस, टाइम एंड मशीन नामक अपनी एक किताब में उन्होंने अमेरिकियों को सलाह दी है कि यदि लकवा, अल्सर, हृदयरोग जैसे

रोगों से बचना हो तो अपनी घड़ियों को तिलांजलि दे दो। उनका विचार है कि हर वक़्त घड़ी के अनुसार काम करने पर घड़ियां हम पर हावी हो जाती हैं। हम एक प्रकार का दबाव महसूस करने लगते हैं और हमारी स्वतन्त्रता समाप्त हो जाती है। उनके कार्यालय में हालांकि दो घड़ियां टंगी रहती थीं, पर एक भी सही समय नहीं बताती थीं, एक धीमी चलती थी, दूसरी तेज़। इसका रहस्य पूछने पर वह कहा करते थे, ये घड़ियां मुझे याद दिलाती हैं कि मेरा जीवन घड़ियों के द्वारा नियन्त्रित नहीं है। मैं इच्छानुसार काम कर सकता हूं।

डॉ. जौसी के इन विचारों को याद कर मेरा मन अनायास ही डॉ. जौसी और उक्त सज्जन के कथनों में तुलना करने लगा। कितना विरोध था दोनों में। एक ओर सारी उन्नति का रहस्य घड़ी के अनुसार काम करने में निहित बताया जा रहा था, तो दूसरी ओर अनेकानेक बीमारियों का मूल भी वहीं स्थिते कहा जा रहा था। निःसन्देह पाश्चात्य जगत ने समय का मूल्य पहचानकर इतनी उन्नति की है, किन्तु समय के इस चक्कर ने यदि उसे इतनी अधिक मानसिक और शारीरिक क्षति पहुंचाई है, तब तो उसकी आर्थिक उन्नति बेमानी है। किन्तु ऐसा हुआ कैसे? समय पर कार्य। करना तो एक अच्छी, बहुत अच्छी बात है, फिर उसमें यह घुन कहां से लग गया?

अचानक ही मुझे संस्कृत का एक छोटा-सा सुभाषित याद आया : अति सर्वत्र वर्जयेत् अर्थात अति की हर जगह वर्जना होती है। इसलिए कहा गया है कि अति हर चीज़ की बुरी होती है। यदि हम भारतीय समय का मूल्य न पहचानकर हर जगह लेट होते हैं, तो यह एक अति है, जिसका नुक़सान हम विश्व दौड़ में पिछड़कर उठा रहे हैं, दूसरी ओर समय को ज़रू रत से ज़्यादा महत्व देकर वे एक अति पर पहुंचते हैं, जिसका नुक़सान उन्हें दूसरे तरीकें से उठाना पड़ रहा है। वीणा के तार यदि बहुत ज़्यादा कसे जाएंगे तो टूट जाएंगे और यदि ढीले रहेंगे, तो उसमें से स्वर ही नहीं निकलेगा। अति से बचने का उदाहरण रस्सी पर चलने वाले नट के करतब में भी देखा जा सकता है। सन्तुलन बनाए रखने के लिए वह डंडे के मध्य-भाग को पकड़े रहता है। यदि

वह मध्य-भाग का त्याग कर डंडे के किसी एक छोर को पकड़कर चलने का प्रयास करे, तो निश्चय ही ज़मीन पर गिर पड़ेगा।

उल्लेखनीय है कि अति से बचते हुए मध्यम मार्ग पर चलने की पुरज़ोर अपील आज से क़रीब तेईस सौ वर्ष पूर्व ग्रीक दार्शनिक अरस्तू ने भी की थी। मध्यम मार्ग को वह स्वर्ण-मार्ग (गोल्डन मीन) कहते थे। अरस्तू ने अपने नीतिशास्त्र में इसे अनेक उदाहरणों द्वारा समझाया है, जैसे, पैसे ख़र्च करने के मामले में 'कंजूसी' एक अति है, तो दूसरी अति 'फ़िज़ूलख़र्ची' है। यहां मध्यम मार्ग 'मितव्ययिता' है। इसी तरह संकट के समय भयभीत होकर निष्क्रिय हो जाना अर्थात 'कायरता' एक अति है, तो बिना सोचे-समझे कूद पड़ना दूसरी अति 'दुस्साहस' है। इन दोनों का मध्यम मार्ग है 'साहस' अर्थात सन्तुलित दिमाग़ से बिना डरे आपत्ति का सामना करना।

वैसे अरस्तू से भी पूर्व हमारे देश में गौतम बुद्ध ने यह मध्यम मार्गदर्शन प्रस्तुत किया था। वह इसे मज्झिम प्रतिपदा कहते थे। उल्लेखनीय है कि दुःख के कारण की खोज में बुद्ध पहले राजमहल अर्थात एक अति का त्याग कर जंगल में कठोर शारीरिक तपस्या कर रहे थे अर्थात दूसरी अति की ओर बढ़ रहे थे, किन्तु सत्य ज्ञान की प्राप्ति उन्हें तभी हुई जब उन्होंने इस दूसरी अति का त्याग किया। यहां कुरआन शरीफ़ की भी एक उक्ति उल्लेखनीय है : रहमान (दयालु प्रभु) के वास्तविक बन्दे वे हैं, जो धरती पर नर्म चाल चलते हैं अर्थात् ये मध्यममार्गी हैं, न अपव्ययी, न कंजूस।

मध्यम मार्ग का मुख्य सन्देश है कि हम जीवन की राहों पर सोच-समझकर चलें। ऐसा न हो कि हमें बाद में पछताना पड़े।

अन्त में :

Happiness is not a matter of intensity but of balance and order and rhythem.

– T. Merton

मृत्यु

यूं तो इस संसार में जन्म लेने वाले सभी प्राणी एक-न-एक दिन अवश्य ही मृत्यु को प्राप्त होते हैं, किन्तु मृत्यु का दुःख, मृत्यु का शोक, मनुष्य के समान तीव्रता से और कोई प्राणी अनुभव नहीं करता। अपने किसी प्रिय की मृत्यु जहां हमारा कलेजा चीरकर रख देती है, वहीं अपनी पास आई मृत्यु की अनुभूति हमें त्रास, शोक और भय से भर देती है। सूर्य की सतरंगी किरणों से खिले हमारे सुनहरे संसार को अंधेरी रात जैसी मृत्यु मानो काली चादर से ढक देती है। मृत्यु हमारे हंसते-खेलते संसार को कितनी बेरहमी से एक़दम शान्त कर देती है, मानो जीवन कोई रेत का घरौंदा हो, जिसे कोई हठीला बच्चा पल-भर में बिखेरकर रख देता है या फिर जैसे हम शतरंज की मोहरें हैं, जिन्हें अपनी मरज़ी से चलकर, अपना मनोरंजन करने के बाद विधाता समेटकर रख लेता है। उमर ख़ैयाम कहते हैं :

> बिछी हुई शतरंज अहा यह कहते हो जिसको संसार,
> दिवस निशा दो रंगे घर हैं हम सब हैं मोहरें छबिमान,
> बेबस हमें चला करता है शह देकर करता है मात,
> क्रम क्रम से सबको भर लेता, डिब्बे में फिर पिछली रात॥

कभी-कभी तो यह मौत इतनी अचानक आती है कि मृतक को देखकर लगता है, मानो वह थककर सोया हुआ है। दिल लखनवी के शब्दों में :

मौत क्या है ज़माने को समझाऊं क्या
एक मुसाफ़िर को रस्ते में नींद आ गई।

कवि नीरज जन्म और मृत्यु के विषय में कहते हैं :

न जन्म कुछ न मृत्यु कुछ बस सिर्फ़ इतनी बात है,
किसी की आंख खुल गई किसी को नींद आ गई।

किन्तु मृत्यु के बाद होता क्या है? क्या हम धुएं की लकीर के समान बिखर जाते हैं या फिर शरीर का चोला छोड़कर कहीं और चले जाते हैं, किसी अन्य लोक में? या फिर हम फिर से शरीर ग्रहण करते हैं? ऐसे कितने ही प्रश्न प्राचीन काल से ही विचारकों को एवं सामान्य लोगों को भी परेशान करते रहे हैं? किन्तु सही उत्तर कौन जानता है? कोई वहां से लौटकर भी तो नहीं आता, जो वास्तविकता बताए! शायर नादर कहते हैं :

जो गया लौट कर नहीं आया
जाने क्या आस्मां में रखा है?

मृत्यु के बाद की रहस्यमय स्थिति को भले ही हम न जानते हों, पर एक बात हम अवश्य जानते हैं कि मृत्यु हमारी नियति है। कच्चे धागे से बंधी तलवार के समान यह हमारे सिर पर सदा लटकती रहती है। सौभाग्यवश यदि हम लम्बी उम्र तक इसके वार से बचे रहे हैं, तो इसका मतलब यह नहीं कि वह हमें भूल गई है, एक उम्र के बाद हमें पकड़ेगी ही। मृत्यु के साथ विडम्बना यह है कि इसकी अनिवार्यता को हमेशा स्मृति में बनाए रखना हमारे लिए तकलीफ़देह होता है, इसीलिए हम इसे अक्सर भूले ही रहते हैं, किन्तु इसे भूलकर जीवनयापन करते चले जाना हमारे लिए सरल होते हुए भी नुक़सानदेह होता है।

आमतौर पर युवावस्था की मस्ती में मनुष्य अक्सर मृत्यु की अनिवार्यता की ओर से आंख मूंदे रहता है। हां, वृद्धावस्था में उसे यह अहसास होने लगता है कि अब वह पके फल-सा हो रहा है। उसकी नियति अब किसी

भी क्षण इस संसार से विदा लेने की बन रही है। इसीलिए वृद्धावस्था में बीमारी रूपी हवा का ज़रा-सा भी झोंका बड़ा भयकारक होता है।

कुछ लोग यहां कहते हैं कि मौत से डर कैसा? मौत होती तो हम नहीं होते और हम होते हैं तो मौत नहीं होती। अतः जब मौत से कभी हमारा आमना-सामना होता ही नहीं है, तो हमें उसका डर क्यों हो? किन्तु हमेशा तो यह बात नहीं होती। ख़ासकर वृद्धावस्था में तो व्यक्ति मौत को अपने आसपास कई बार बहुत क़रीब से महसूस करता है।

प्रसिद्ध जर्मन दार्शनिक शापनहावर कहता है कि जीवन के अन्तिम काल में व्यक्ति को प्रतिदिन वही रोमांचकारी अनुभव होता है, जो एक अपराधी को फांसी के तख़्ते पर ले जाते समय होता है। निश्चय ही बड़ा भयावह होता है मृत्यु का यह अनुभव।

यहां प्रश्न उठता है कि भले ही हम अन्ततः आने वाली मृत्यु से न बच पाएं, किन्तु मृत्यु-भय से क्या हम किसी तरह नहीं बच सकते? उत्तर है, हां। यह सत्य है कि विचारशील प्राणी होने के कारण एकमात्र मनुष्य ही मृत्यु का विचारकर उससे भयभीत होता है, किन्तु यह भी सत्य है कि अपने विचारों के द्वारा ही मनुष्य मृत्यु-भय से उबर सकता है। कहा भी गया है : जो मृत्यु हमें मारती है, उस मृत्यु का विचार ही हमें अमर बना सकता है।

चिन्तकों ने इस पर बहुत तरह से चिन्तन किए हैं। पहली बात तो ये इसकी अनिवार्यता को स्वीकार करने पर ज़ोर देते हैं, जिसे हम अक्सर भूले रहते हैं। कबीर के ही अनेकानेक पद मृत्यु की अनिवार्यता का सुन्दर ढंग से स्मरण कराते हैं, जैसे –

माली आवत देखके, कलियन करें पुकार।
फूले फूले चुन लिये, काल हमारी बार॥
चलती चाकी देखके, दिया कबीरा रोय।
दो पाटन के बीच में, साबुत बचा न कोय॥

मृत्यु की अवश्यम्भाविता के कारण ही कबीर मनुष्य को माटी का खिलौना और मनुष्यों के संसार को मुरदों का गांव कहते थे।

किन्तु मृत्यु की अनिवार्यता को स्वीकार करना बड़ा कठिन है। तभी तो युधिष्ठिर ने, यक्ष के द्वारा पूछने पर कि आश्चर्य क्या है, कहा था : रोज़-रोज़ प्राणियों को यमराज के घर जाते हुए देखकर भी मनुष्य अपनी मृत्यु की अनिवार्यता को भूलते हैं और सदा जीवित बने रहने की इच्छा करते हैं, यही आश्चर्य है। किन्तु यदि मनुष्य को मृत्यु-भय से बचना है तो उसे मृत्यु को अपनी अनिवार्य नियति, ऐसी नियति तो किसी भी क्षण आ धमक सकती है, मानकर उसे स्वीकार करना चाहिए तथा इस बात को हमेशा याद रखना चाहिए। बुद्ध कहते हैं, जैसे जंगल से गुज़रते व्यक्ति को जाने किस झाड़ी में छिपा शेर आ दबोचे, उसी तरह मृत्यु भी पता नहीं कब कहां से आकर आक्रमण कर दे, कुछ कहा नहीं जा सकता।

भारतीय विचारकों का मृत्यु विषयक चिन्तन मुख्यतः शरीर की नश्वरता और आत्मा की अमरता को लिये हुए है। भगवद्गीता के अनुसार आत्मा मनुष्य में अमरता का अंश है, अतः इस अर्थ में वह अमर है। आत्मा न किसी शस्त्र से काटी जा सकती है और न कोई अग्नि जला सकती है। मृत्यु के बाद इतना ही होता है कि आत्मा एक शरीर छोड़कर दूसरा नया शरीर धारण कर लेती है, ठीक वैसे ही जैसे व्यक्ति पुराने वस्त्र त्याग कर नए वस्त्र पहनता है।

किन्तु मनुष्य केवल अपनी मृत्यु को लेकर ही तो व्यथित नहीं होता। कितना कठिन होता है अपने किसी प्रियजन को अपने ही सामने मृत्यु के मुंह में जाते देखना। इसे कोई भुक्तभोगी ही समझ सकता है। काश, वह अपनी सारी सम्पदा, यहां तक कि अपनी जान देकर भी अपने प्रिय को मृत्यु-मुख से वापस ला सकता। इस असह्य दुःख को भी मनुष्य मृत्यु की अनिवार्यता के विचार द्वारा दूर कर सकता है। कथा है कि एक बार महात्मा बुद्ध के पास एक महिला रोती-कलपती पहुंची कि उसका इकलौता पुत्र मर गया है, बुद्ध उसके पुत्र को किसी तरह जीवित कर दें। तब बुद्ध ने

उससे कहा कि अगर वह किसी ऐसे घर से राई के चार दाने लाकर उन्हें दे, जहां कभी कोई न मरा हो, तो वे अवश्य उसके पुत्र को जीवित कर देंगे। वह महिला सुबह से शाम तक गांव-भर के सारे दरवाजें राई के चार दानों के लिए खटखटाती रही, किन्तु उसे एक भी घर ऐसा नहीं मिला, जहां कोई न मरा हो। तब मृत्यु की अनिवार्यता को महसूस कर वह चुपचाप अपने घर चली गई।

मानस में बाली की मृत्यु पर रो रही तारा को राम समझाते हैं कि पृथ्वी, जल, अग्नि, वायु और आकाश : इन पंच तत्त्वों से निर्मित यह देह तेरा पति नहीं है, वह तो अमर है। यदि पति को देह मानती हो तो फिर विलाप कैसा, वह तो तेरे आगे सोया हुआ है।

क्षिति जल पावक गगन समीरा। पंच रचित यह अधम सरीरा।
प्रगट सो तनु तब आगे सोवा। जीव नित्य केहि लगि तुम रोवा॥

इस तरह अपनी मृत्यु अथवा प्रियजन की मृत्यु के दुःख से मनुष्य चिन्तन के द्वारा उबर सकता है, किन्तु मृत्यु पर चिन्तन का केवल इतना ही प्रयोजन तो नहीं है। मृत्यु पर चिन्तन का असली प्रयोजन तो सही तरीक़े से जीना आना है। पाश्चात्य अस्तित्ववादी दार्शनिकों ने इसी अर्थ में मृत्यु का गहन चिन्तन किया है तथा प्रामाणिक जीवन जीने के लिए मृत्यु-चिन्तन को आवश्यक माना है। जर्मन अस्तित्ववादी हाइडेगर मृत्यु को जीवन के साथ प्रतिपल जुड़ी सम्भावना कहते हैं, जो किसी भी क्षण प्रकट हो सकती है। यह जीवन के अन्त में नहीं आती, बल्कि जीवन के साथ ही लगी रहती है। हाइडेगर दूसरों की मृत्यु पर नहीं स्वयं की मृत्यु पर विचार करने को कहते हैं। किसी भी क्षण आ धमकने वाली मृत्यु का विचार मनुष्य में एक तरह का भय उत्पन्न करता है। यह भय यद्यपि मनुष्य के लिए दुःख की सृष्टि करता है, किन्तु यह आवश्यक भी है, क्योंकि इसी से वह अपने प्रामाणिक अस्तित्व को पहचानता है और फिर निर्भय होकर अपने को मृत्यु के लिए स्वतन्त्र छोड़ देता है। एक अन्य अस्तित्ववादी कीर्कगार्ड भी कहते हैं : मृत्यु हर समय सम्भाव्य है, इस बात

को ध्यान में रखकर ही सम्पूर्ण भविष्य की योजना बनानी चाहिए। जर्मन दार्शनिक येस्पर्स के अनुसार : मृत्यु का विचार मनुष्य में भय, वेदना, ग्लानि को उत्पन्न करता है, किन्तु फिर अपनी सीमा जानकर मनुष्य के मन में ईश्वर के प्रति, उसकी नित्यता के प्रति आस्था उत्पन्न होती है।

अन्त में :

मृत्यु का क्षण सारे जीवन का हिसाब है। जो जीवन में पूर्ण के साथ सध गया, वह मृत्यु के साथ भी सधा हुआ दिखता है, शान्त दिखता है।

– श्रीकृष्ण 'प्रेम'

As a well spent day brings happy sleep, so life well spent brings happy death.

– Leonardo da Vinci

लगन

एक बड़ा प्यारा-सा शब्द है, सफलता। मानव मन की स्वाभाविक आकांक्षा होती है सफलता प्राप्त करना। मानव अब तक जो आकाश की सुदूर ऊंचाइयों और सागर की अतल गहराइयों तक क़दम बढ़ाने में सफल हुआ है, वह सब इस आकांक्षा से प्रेरित होने के कारण ही सम्भव हो पाया है। जिस भी क्षेत्र में वह काम करता है, उस क्षेत्र की बुलन्दियों पर स्वयं को आसीन देखने की कल्पना उसे रोमांचित करती है, पर बुलन्दियों पर पहुंचना यूं सहज नहीं होता है। इसके लिए जिस अथक प्रयत्न की ज़रूरत होती है, उससे घबराकर कुछ लोग तो नीचे बने रहना ही स्वीकार कर लेते हैं। कुछ शेख चिल्लियों के समान बुलन्दियों को छूने की कल्पना करते हुए उम्र गुज़ार देते हैं, कुछ चढ़ने का उपक्रम तो करते हैं, किन्तु शीघ्र ही हार जाते हैं और फिर नसीब के बट्टे-खाते में अपनी असफलता को डालकर सन्तोष के दामन में मुंह छिपा लेते हैं। इस संसार में ऐसे ही लोगों की संख्या अधिक होती है। यह तो कुछ गिने-चुने लोग ही होते हैं, जो मंज़िल को पाकर ही दम लेते हैं।

यहां प्रश्न उठता है कि मानव की आख़िर वह क्या कमज़ोरी है, जो उसे सफलता की मंज़िल से दूर रखती है? हम जो चाहते हैं, उसे पा क्यों नहीं सकते? हमारी असफलता के कारण क्या हैं? दरअसल सफलता पाने का एक गुण यह भी है कि हम अपनी असफलता का विश्लेषण करें।

यूं तो असफलता के अनेक कारण होते हैं, पर इसका सबसे बड़ा कारण हममें लगन की कमी होना है। सफलता एक मंज़िल है, जिस तक पहुंचने की एक राह होती है। इस राह में चलने की हमारी गति ही यह तय करती है कि हम मंज़िल तक कब पहुंचते हैं। पर यह कोई सीधी-सपाट राह नहीं है, जिस पर हम फुलस्पीड में गाड़ी दौड़ा सकते हैं, इस राह में तरह-तरह के रोडे होते हैं। कभी-कभी तो ये रोडे इतने विशाल होते हैं कि आगे बढ़ने की हमारी हिम्मत ही पस्त कर देते हैं। इन्हें तो वही व्यक्ति पार कर सकता है, जिसमें आगे बढ़ने की धुन हो, लगन हो। जीवन की इस राह में हर व्यक्ति को कहीं-न-कहीं भटकाव का सामना करना पड़ता है अथवा रुक जाना पड़ता है, किन्तु जो लगनशील होते हैं, वे अपने मार्ग की हर बाधा को पार कर दूनी रफ़्तार से आगे बढ़ने को तैयार हो जाते हैं। सत्य तो यह है कि बिना लगन के इस संसार में कभी कोई अपनी मंज़िल तक नहीं पहुंच पाया है। इस संसार में जाने कितनी ही प्रतिभाएं इसी लगन के अभाव में बिना फूल बने कली रूप में ही नष्ट हो जाती हैं। प्रतिभा न होते हुए भी लगन का चमत्कारी प्रभाव देखा जा सकता है, पर लगन न हो तो प्रतिभा जैसे सड़ जाती है। प्रत्येक सफल व्यक्ति की जीवनी यही बतलाती है कि वे लगनशील थे।

हम दूर न जाएं। अपने ही जीवन में झांककर देखें, तो पाएंगे कि हमारी अधिकांश असफलताओं का मूल कारण हममें लगन का अभाव ही था। बेशक हमने सोच-समझकर अपना उद्देश्य तय किया था, उत्साहपूर्वक कार्य को शुरू भी किया था, कुछ दूर तक पैरों में पर्याप्त गति भी थी, मन में हौसला भी था, पर तनिक-सी बाधा आई, तो क्या हम घबरा नहीं गए थे? पैरों में ज़रा से छाले क्या पड़े, हमने तो चलना ही बन्द कर दिया। बच्चों के गिरने पर तो हम उन्हें ख़ूब समझाते हैं कि उठो और फिर चलो, गिरोगे नहीं तो चलना कैसे सीखोगे? पर स्वयं की बारी आने पर यह उपदेश क्यों भूल जाते हैं? गिरे, कि उठने का नाम ही नहीं लेते। ऐसे वक़्त पर हम स्वयं से क्यों नहीं कहते, उठो और फिर चलो, गिरने का मातम मनाते बैठे रहोगे, तो मंज़िल तक कैसे पहुंचोगे? यहां प्रसिद्ध फुटबॉलर जान डाइडन की पंक्तियां याद रखने लायक हैं :

मैं कुछ चोट खाया हुआ तो हूं / लेकिन अभी मरा नहीं हूं,
क्षण–भर सुस्ता लूं / कुछ ख़ून और बह ले,
फिर मैं उठूंगा / और तुमसे फिर लड़ूंगा।

ऐसे ज़िद्दी मानव की भावनाओं को एक शायर यूं वाणी देते हैं :

बहुत गरूर है तुझको ऐ सरफिरे तूफ़ां
मुझे भी ज़िद है दरिया के पार जाना है।

– राहत इन्दौरी

किन्तु यह लगन बरकरार कैसे रहे? विपरीत परिस्थिति में भी इसे जीवित रखने के लिए हम क्या करें? उत्तर में हम कह सकते हैं, कार्य में लगन बनाए रखने के लिए स्वयं की प्रेरणा बहुत ज़रूरी है। यह बहुत ज़रूरी है कि कठिन समय में हम स्वयं से वार्तालाप करें, स्वयं को तसल्ली दें और स्वयं को उत्साहित भी करें। आत्मसम्भाषण से बढ़िया और कोई सम्भाषण नहीं होता। कुछ विद्वानों ने इस सन्दर्भ में दर्पण-तकनीक का सहारा लेने की सलाह दी है। इसका अर्थ है, दर्पण के सामने खड़े होकर स्वयं को प्रेरणास्पद शब्दों से सम्बोधित करना, आगे बढ़ने को स्वयं को उत्साहित करना। निश्चय ही इसका माकूल प्रभाव पड़ता है।

अपने उद्देश्य की ओर गति बनाए रखने के लिए सफल व्यक्तियों के जीवन का अध्ययन तथा विद्वानों के वाक्यों का स्मरण भी लाभकारी होता है। कहते हैं, नेपोलियन जो असम्भव शब्द से नफ़रत करता था, एक बार बहुत निराश हो गया था। ऐसे ही निराश क्षणों में उसकी निगाह अचानक ही एक चींटी पर पड़ी, जो दीवार पर अपने से कहीं अधिक बोझ लिये चढ़ रही थी। नेपोलियन ने देखा कि मंज़िल तक पहुंचने के पहले वह चींटी अपना बोझ नहीं संभाल पाई और बोझ के साथ नीचे गिर गई। वह चींटी थोड़ा संभली और उस बोझ को फिर ढोने को प्रस्तुत हो गई, किन्तु नतीजा फिर वही रहा। इधर चींटी भी कम नहीं थी। उसने फिर अपना प्रयास जारी रखा। अन्ततः अपने उद्देश्य में सफल हुई। नेपोलियन ने गिना, पूरे आठ बार चींटी को वही प्रयत्न करना

पड़ा था तब कहीं जाकर वह अपनी मंज़िल तक पहुंच पाई, और तब चींटी के लगन को प्रणाम करते हुए नेपोलियन उठ खड़ा हुआ था, दूने उत्साह से अपनी मंज़िल की ओर आगे बढ़ने के लिए। नेपोलियन की इस कथा से अब तक जाने कितने ही लोगों ने गिरने के बाद उठ खड़े होने की प्रेरणा प्राप्त की है।

मंज़िल पर पहुंचकर ही दम लेने की प्रेरणा किसी विद्वान को डाक-टिकट से मिली थी। इसकी तारीफ़ में वह लिखते हैं : डाक-टिकट को देखो, इसकी उपयोगिता को समझो, यह तब तक उस चीज़ से चिपकी रहती है, जब तक कि अपनी मंज़िल तक पहुंच नहीं जाती।

लगन के महत्व को रेखांकित करने वाले कुछ अन्य व्यक्तियों के कथन देखिए : मैटसन : सफलता का सूत्र है, फिर से गोली भरना और दुबारा दागने के लिए तैयार रहना। रिचर्ड सी ट्रेंच : चुस्त रहो, मुस्तैद रहो, तैयार रहो। तुम्हारी बारी भी आएगी। तुम यूं ही रास्ते के पत्थर की तरह पड़े नहीं रहोगे।

अन्त में:

चले चलो कि चलना ही दलीले कामरानी[1] है
जो थककर बैठ जाते हैं वो मंज़िल पा नहीं सकते।

– सोज़ होशियारपुरी

बहरे–हुसूले–मक्सद[2] रात दिन एक कीजिए
राहें तलब के वास्ते शाम नहीं सहर नहीं

– नातिक़ गुलावठी

अभी थककर बैठ न हमसफ़र न अभी से रात का ज़िक्र कर
अभी दिन है अपनी गिरफ़्त में अभी रोशनी है गुफाओं में

– मंज़ूर अख़्तर।

---

1. यश 2. मनोवांछित की प्राप्ति के लिए।

लक्ष्य

महाभारत की उस प्रसिद्ध कथा से हम सभी परिचित हैं, जिसमें कौरवों और पांडवों को एक साथ शर-सन्धान की परीक्षा के लिए एकत्रित कर गुरु द्रोणाचार्य ने केवल अर्जुन को ही शर-सन्धान का मौक़ा दिया था। शेष सभी अवश्य मन-ही-मन कुढ़े होंगे कि गुरु द्रोण ने उनके साथ पक्षपात किया, उन्हें तो शर-सन्धान का मौक़ा ही नहीं दिया। किन्तु सच तो यह था कि गुरु द्रोण ने कहीं पक्षपात नहीं किया था। वह तो पहले ही परीक्षा लेकर देख चुके थे कि इनमें से केवल अर्जुन ही ऐसा है, जिसका तीर किसी भी हालत में निशाने से नहीं चूक सकता। किन्तु कैसे जाना था गुरु द्रोण ने यह? उन्होंने जाना था अर्जुन के उत्तर से कि मुझे केवल अपना लक्ष्य ही दिखाई दे रहा है, और इतने से ही गुरु समझ गए थे उसकी योग्यता। गुरु द्रोण ने आज्ञा दी कि अर्जुन शर-सन्धान करें। फिर क्षण-भर बाद ही सबने देखा कि अर्जुन का तीर वाक़ई निशाने, सीधे चिड़िया की आंख पर लगा है।

ठीक ऐसा ही निर्णय हमारी योग्यता की परख के बाद हमारा भाग्य-विधाता भी तो लेता है। किसी व्यक्ति को मिली किसी बड़ी सफलता के विषय में सुनकर हम मन-ही-मन उसके भाग्य की सराहना करते हैं। यदि वह परिचित हुआ तो कुछ ईर्ष्या भी होती है हमें उससे।

हम सोचते हैं कि विधाता तो बड़ा अन्यायी है। उसने हमें मौक़ा नहीं दिया। यदि हमें मौक़ा देता तो हम भी निश्चय ही वैसी ही सफलता प्राप्त करते। पर हमारे मन की बात जानकर विधाता क्या मन-ही-मन मुस्कुराता न होगा? निश्चय ही आकाश में बैठे-बैठे वह कहता होगा, मैं तुम्हें मौक़ा देता भी कैसे? मौक़ा तो मैं उन्हीं लोगों को देता हूं, जो पहले से अपने लक्ष्य को ध्यान में रखकर उसी ओर बढ़ने के लिए दृढ़-संकल्प होते हैं, जो मन-ही-मन ठान लेते हैं कि अपनी मंज़िल प्राप्त करके ही दम लेंगे, बड़े-से-बड़े आंधी-तूफ़ान क्यों न रास्ते में आएं। किसी भी तरह विचलित नहीं होंगे।

कहते हैं, महान सेनापति नेपोलियन, जो कहा करता था कि असम्भव शब्द केवल मूर्खों के शब्दकोश में होता है, की सेना के सामने एक बार आल्प्स पर्वत आ गया। तब उसके सैनिकों ने उससे आकर कहा कि अब तो हम आगे नहीं बढ़ सकते, क्योंकि सामने विशाल आल्प्स रास्ता रोके खड़ा है। इस पर नेपोलियन ने उनसे प्रतिप्रश्न किया, कहां है आल्प्स पर्वत, मुझे तो वह कहीं नहीं दिखाई दे रहा है?

ऐसी बात नहीं कि नेपोलियन की दृष्टि कमज़ोर थी, इस कारण उसे आल्प्स नहीं दिखाई दे रहा था। वह अपने लक्ष्य के सामने आल्प्स के रूप में खड़ी बाधा को तुच्छ समझता था। और फिर सचमुच नेपोलियन की वाणी ने जादू का-सा असर किया, उसके सैनिकों ने पर्वत पर जाने का लक्ष्य निर्धारित कर लिया तो फिर उन्हें पर्वत काटकर मार्ग बनाने में अधिक देरी नहीं लगी।

उपर्युक्त कहानी भी तो यही कहती है कि जो अपने लक्ष्य तक पहुंचने के लिए दृढ़ प्रतिज्ञा करते हैं, वे हर बाधा को पार कर उस तक अवश्य पहुंचते हैं। अतः जीवन के किसी भी क्षेत्र में सफलता प्राप्त करने के लिए यह ज़रूरी है कि पहले तो हम लक्ष्य निर्धारित करें और फिर इस लक्ष्य को हमेशा अपनी आंखों के सामने रखें। इस सम्बन्ध में दो लोकोक्तियां उल्लेखनीय हैं, एक तो यह कि महान उद्देश्य से शासित व्यक्ति को भाग्य नहीं रोक सकता, दूसरे यह कि जो नाविक अपनी यात्रा के अन्तिम

बन्दरगाह को नहीं जानता, उसके अनुकूल हवा कभी नहीं बहती। यहां एक ग्रीक कवि की चन्द पंक्तियां भी उल्लेखनीय हैं:

सागर के किनारे दफ़न हुआ,
एक नाविक तुमसे कहता है।
मल्लाह उसी को कहते हैं,
जो तूफ़ानों को सहता है।
कश्ती को उतारो सागर में,
परवाह करो मत मौसम की।
जब हम डूबे थे, बहुतों ने।
तूफ़ानों से टक्कर ली थी।

यहां एक व्यावहारिक बात उल्लेखनीय है, हम चाहें तो अपने लक्ष्य को टुकड़ों में बांटकर भी उस तक पहुंच सकते हैं। मसलन, किसी प्रतियोगी परीक्षा में सफलता पाने के लिए हम उसकी तैयारी के लिए प्रति माह, प्रति सप्ताह, प्रतिदिन और प्रति घंटे का लक्ष्य निर्धारित कर सकते हैं। छोटे-छोटे लक्ष्यों को हासिल करके ही हम किसी महालक्ष्य तक पहुंच सकते हैं। मुख्य चीज़ है, अपने क्रियाकलापों को किसी-न-किसी लक्ष्य को ध्यान में रखकर निर्धारित करना। इस सन्दर्भ में किसी विद्वान ने कहा है: सफल व्यक्ति जानते हैं कि कोई भी एक छलांग में शीर्ष तक नहीं पहुंच सकता। जो बात उन्हें औरों से अलग रखती है, वह है उनकी दूसरों से एक क़दम आगे जाने की अदम्य इच्छा, चाहे आगे का मार्ग कितना ही कंटीला क्यों न हो।

अन्त में :

मेरे क़दम के साथ है मंज़िल लगी हुई
मंज़िल जहां नहीं मेरे क़दम नहीं

– अज्ञात

वृद्धावस्था

हम सब जानते हैं कि वृद्धावस्था मानव जीवन की अन्तिम अवस्था है। मृत्यु के मुख में धकेलने वाली, तन और मन को जर्जर एवं रोगग्रस्त बनाने वाली, जीवन का सारा रस निचोड़कर रख देने वाली यह अवस्था मनुष्य के लिए अनेक दृष्टिकोण से कष्टकर होती है। सबसे ज़्यादा यह तब कष्टकारी होती है, जब इस अवस्था में मनुष्य को एकाकी जीवन बिताना पड़ता है।

युवावस्था में मनुष्य अपने कामकाज में इतना व्यस्त रहता है कि अकेले रहने पर भी एकाकीपन उसे नहीं खलता। फिर यार-दोस्तों का साथ भी उसे उसके एकाकीपन से दूर रखता है, किन्तु वृद्धावस्था में जब दोस्त भी एक-एक कर साथ छोड़ जाते हैं, नौकरी भी नहीं रह जाती, तब घर जैसे काटने को दौड़ता है। ऐसे में एकाकी जीवन बड़ा भयावह होता है। ऐसे लोगों के लिए बड़े शहरों में हालांकि वृद्धाश्रम बने हुए हैं, किन्तु वहां अपने चारों ओर रोगग्रस्त, दुःखी, अशक्त तथा नित्य मौत के मुख में जाते हुए साथियों को देखकर अकेलापन जैसे और कचोटता है।

वैसे आमतौर पर वृद्धावस्था में अकेलेपन का कष्ट उन्हीं लोगों को भुगतना पड़ता है, जो किसी कारण से अविवाहित रह जाते हैं या निःसन्तान रहते हैं या जिन्हें अपने पास रखने वाला कोई सम्बन्धी नहीं होता। ऐसे लोग कई बार मानसिक विकृति की स्थिति में पहुंच जाते हैं, जिनके लिए

समय काटना भारी समस्या बन जाती है। किन्तु ऐसे लोगों की मानसिक स्थिति और भी ज़्यादा ख़राब होती है, जो सबके होते हुए भी अकेलेपन का अभिशाप भोगते हैं। आजकल ऐसे वृद्ध बहुतायत से देखने को मिलते हैं, जिनकी होने को अनेक सन्तान हैं, किन्तु किसी के पास उनका गुज़ारा नहीं है। ऐसी स्थिति में पति-पत्नी दोनों साथ रहकर भी अकेलेपन का दुःख भुगतते हैं। जीवन की व्यर्थता तब उन्हें बेहद कचोटती है। जिनके पीछे सारी ज़िन्दगी होम कर दी, वही सन्तानें जब चांदी के चन्द सिक्के भेजकर अपने कर्तव्य की इतिश्री समझते हैं, तब दुःखी होना स्वाभाविक ही है। किन्तु इससे भी भयकारक स्थिति तब होती है, जब भरे-पूरे घर में अपने अलग द्वीप में क़ैद होकर ये अकेलेपन की सज़ा भुगतने को मजबूर हो जाते हैं। वस्तुतः इनके घरों में सभी इतने व्यस्त होते हैं कि किसी को उनके पास बैठकर दो घड़ी बातें करने की फ़ुरसत नहीं होती। ऐसे में मन-ही-मन कुढ़ते हुए, किसी तरह जीवन का भार ढोते हुए, व्याकुलतापूर्वक मृत्यु की प्रतीक्षा करते हैं।

यहां प्रश्न उठता है सन्तानवान होने के बाद भी अकेलेपन की यह स्थिति वृद्धों के लिए आख़िर आती क्यों है?

यदि हम इस स्थिति की उत्पत्ति के सही कारणों की खोज करें, तो उससे छुटकारे का भी प्रयत्न कर सकते हैं।

कारण की खोज शुरू करें हम दो परिवारों की तुलना से। एक में वृद्ध सात्त्विक भावों से ओतप्रोत हैं। हालांकि नौकरी से अवकाश प्राप्त कर चुके हैं, पर फिर भी कुछ-न-कुछ करते रहते हैं। जाहिर है कि काम करने के कारण शरीर भी स्वस्थ रहेगा। ख़ुशमिज़ाज भी वह बेहद हैं। यद्यपि उन्हें अपने काम से कम ही फ़ुरसत मिलती है, पर घर के प्रत्येक सदस्य का वे पूरा ख़्याल रखते हैं। हां, कोई उनका ख़्याल रखता है या नहीं, यह जानने की उन्हें फ़ुरसत नहीं मिलती। किन्तु उनके दिए संस्कार बेकार नहीं गए हैं। बच्चे उन्हें भरपूर सम्मान और प्यार देते हैं। एकाकीपन के भय की हल्की सी छाया भी उनके जीवन में नहीं है।

इसके विपरीत तस्वीर का दूसरा पहलू देखिए। यह दूसरे महाशय बेहद स्वार्थी हैं। लड़ाई-झगड़े, दोषारोपण, ये ज़िन्दगी-भर घर-बाहर यहां तक कि अपने माता-पिता के साथ भी करते रहे हैं। नौकरी से अवकाश प्राप्त करते ही अब अपने बच्चों के सिर पर चढ़ गए। अब तक इकट्ठे अपने सारे पैसों पर वह नाग के समान कुंडली मारे बैठे रहते हैं और बच्चों से कहते हैं, मैंने अकेले तुम चार-चार को पाला-पोसा, पढ़ाया-लिखाया। अब तुम चारों मिलकर क्या मुझे नहीं पाल सकते? श्रमहीनता के साथ तामसिक आहार-व्यवहार ने उनके तन-मन दोनों को खोखला बना दिया है। बुड्ढे की बकबक से बचने के लिए सबने उनसे किनारा कर लिया है। अब पागलों के समान प्रलाप करते हुए अपने ही घर में क़ैदी की ज़िन्दगी बसर कर रहे हैं।

किन्तु इस कथा का मतलब यह नहीं कि वृद्धों के अकेलेपन का सारा दोष स्वयं उनका ही होता गया है। ऐसे भी सज्जन वृद्ध देखे जाते हैं, जिनके दुष्ट पुत्र उनकी सारी सज्जनता के बावजूद उनका अस्तित्व बर्दाश्त नहीं करते। अक्सर स्वार्थी प्रवृत्ति की बहुओं के घर में वृद्ध सास-ससुर का गुज़ारा उनकी अच्छाई के बाद भी मुश्किल से होता है। किन्तु बुरा जो देखन मैं चला, इसे ध्यान में रखते हुए वृद्धजन थोड़ा अपने को टटोलें, देखें कहीं अपने जीवन की त्रासदी के लिए वे स्वयं ही तो ज़िम्मेदार नहीं हैं? यदि ऐसा है, तो अपने स्वभाव-व्यवहार आदि में परिवर्तन कर वृद्धजन अभी भी अपनी स्थिति में परिवर्तन कर सकते हैं। कहा गया है, देर आयद दुरुस्त आयद। इसके लिए उन्हें नीचे लिखी आचार संहिता ध्यान में रखनी होगीः

इस बात को दिमाग़ से निकाल दीजिए कि आपने बच्चों को पैदा किया है, पाल-पोस कर बड़ा किया है इसलिए उन्हें आप पर ध्यान देना चाहिए। वैसे देना तो ज़रूर चाहिए, पर यदि नहीं देते तो आप अपना दिमाग़ ख़राब मत कीजिए। ज़रा सोचिए, क्या बच्चों ने आपसे कहा था कि हमें पैदा करो। जहां तक पालने-पोसने की बात है, एक चिड़िया भी अपनी चोंच से दाने बीनकर अपने बच्चों के पेट में डालकर उन्हें बड़ा करती है, किन्तु

पंख आते ही बच्चों के उड़कर चल देने पर अपनी क़िस्मत को कोसती नहीं बैठती, फिर हम तो मनुष्य हैं, इस सृष्टि के सबसे अधिक समझदार प्राणी! अकेलेपन को झेलने के लिए मानसिक सन्तुलन बहुत आवश्यक है।

लगातार क्रियाशील बने रहिए। क्रियाशीलता के अनेकानेक लाभ हैं। इससे हम व्यस्त रहते हैं। यह व्यस्तता हमें न केवल शारीरिक चुस्ती प्रदान करती है, बल्कि उस ऊब से भी बचाती है, जो वृद्धावस्था में एकाकी जीवन की सबसे बड़ी सज़ा है।

अपनी बीमारी का रोना बार-बार लोगों के सामने मत रोइए। बीमारी का ही नहीं, अपने किसी भी अभाव का रोना रोने की आदत से बचिए, क्योंकि दुनिया रोने वालों के साथ अधिक देर बैठना पसन्द नहीं करती।

सत्साहित्य का अध्ययन-मनन कीजिए। इससे समय तो अच्छे से कटेगा ही, मन भी प्रसन्न बना रहेगा। पुस्तकें बहुत अच्छी मित्र होती हैं।

बुढ़ापे में व्यक्ति अक्सर कंजूस हो जाता है। इस प्रवृत्ति से बचिए। अक्सर देखा जाता है कि मृत वृद्धों के पास से काफ़ी मात्रा में धन निकलता है। अब ऐसा भी धन किस काम का? कंजूसों के पास कोई नहीं फटकना चाहता। पर हां, वृद्धावस्था में आपके पास इतना धन अवश्य होना चाहिए, ताकि अपनी ज़रूरतों के लिए किसी के आगे हाथ फैलाने की आवश्यकता न पड़े।

सबके साथ अपना व्यवहार अच्छा रखिए। आपके मीठे बोल, निःस्वार्थ प्रेम तथा सहायता करने के लिए तैयार मन की क़द्र निश्चय ही दूसरे लोग अवश्य करेंगे। हालांकि प्रेम, स्नेह और सहायता बदले की भावना से देना उचित नहीं है, किन्तु ये चीज़ें ऐसी हैं, जो बदले में ज़रूर कुछ-न-कुछ अवश्य देती हैं। और कुछ नहीं तो आपके एकाकीपन को तो भरती हैं।

आपने अपने बच्चों के लिए ज़िन्दगी-भर बहुत कुछ किया, अब अन्तिम समय में जब बच्चों को आपकी सहायता की ज़रूरत नहीं है, उन ग़रीब अनाथ असहाय बच्चों के लिए कुछ कीजिए, जिन्हें आपकी सहायता नया जीवन दे सकती है। मेरी एक परिचित हैं, उनके सब बच्चे नौकरी में

इधर-उधर निकल गए हैं। अब वह अपने घर में अकेली हैं। किन्तु वह कभी अकेलेपन का रोना नहीं रोतीं। जब बच्चों को उनकी ज़रूरत होती है, तब वह उनके पास जाती हैं। अन्यथा अपने छोटे-से घर में ग़रीब बच्चों को विद्यादान देने में दिन-भर व्यस्त रहती हैं। वह स्वयं कहती हैं कि अब लगता है कि मैं एक सार्थक ज़िन्दगी जी रही हूं।

कर्म के साथ धर्म अर्थात ईश्वर के प्रति समर्पण एवं आस्था भी वृद्धावस्था में एकाकीपन के दुःख को दूर करने में सहायक होता है। अतः मन से धार्मिक बनिए।

वृद्धावस्था का स्वागत हंसकर कीजिए। इसे दीनता की नहीं गरिमा की अवस्था समझिए। यौवन का तूफ़ानी वेग शान्त होने के बाद शान्त, गम्भीर समुद्र के समान अपने मन को स्थिर बनाइए। अब ज़रा इस गहराई में उतरकर देखिए, वृद्ध होने की तब मन में कहीं भी कसक नहीं महसूस होगी। हमारे देश में जीवन की इस अन्तिम अवस्था को गरिमायुक्त बनाने के लिए ही वानप्रस्थ एवं संन्यास की व्यवस्था की गई थी।

अन्त में :

वृद्धावस्था अभिशाप नहीं वरदान है,
ईश्वर से मिलने का अवसर महान है,
पिचके ग़ाल देख, कर लेते जो किनारा,
वृद्धों के अनुभव उनके लिए संचित ज्ञान है।

– तेजपाल सिंह धामा

शत्रु

एक छोटा-सा शब्द है शत्रु। पर शब्द छोटा होने से क्या होता है? शत्रु तो छोटा नहीं होता। ज़रा सोचिए, यदि जीता-जागता हमारा कोई शत्रु हमारे सामने आ जाए, तो हमारी प्रतिक्रिया कितनी भारी होती है। क्रोध से नथुने फड़कने लगते हैं, ओंठ तिरछे हो जाते हैं, घृणा से शरीर ऐंठने लगता है, दिल की धड़कन एक़दम बढ़ जाती है, भूख-प्यास ग़ायब हो जाती है और हमारा ख़ुशनुमा चेहरा यक-ब-यक उलट जाता है। मज़ेदार बात यह है कि हमारे ये सारे विकार शत्रु के लिए नहीं ख़ुद हमारे लिए बहुत घातक होते हैं। आज यह एक सर्वविदित तथ्य है कि हमारी अधिकांश मानसिक और शारीरिक बीमारियों की जड़ हमारे इसी प्रकार के विकार होते हैं। फिर, जिस व्यक्ति का दर्शन-मात्र इतना कष्टकारी होता है, वह स्वयं भी कम कष्टकारी नहीं होगा। हमारा अनुभव बताता है कि शत्रु अपने शत्रुओं को अनेकानेक प्रकार से हानि पहुंचाते हैं। कुछ लोगों में तो शत्रुता की भावना इतनी प्रबल रहती है कि जब तक वे शत्रुओं का काम तमाम नहीं कर लेते, तब तक उन्हें चैन नहीं मिलता है, भले ही इसके लिए उन्हें स्वयं भारी से भारी नुक़सान क्यों न उठाना पड़े, मसलन आजीवन सीखचों के पीछे क़ैद रहना पड़े अथवा फांसी के फन्दे पर क्यों न झूलना पड़े।

वैसे पृथ्वी पर मानव-मन में शत्रुता की भावना शुरू से ही रही है। प्रत्येक देश और काल में सामान्य जनों के ही नहीं, बड़े-बड़े महापुरुषों, अवतारी

पुरुषों तथा पैग़म्बरों के भी शत्रु होते आए हैं। ईसा, सुकरात, गांधी आदि के प्रति तो उनके शत्रुओं के मन में इतनी घृणा थी कि उन्होंने इन्हें जान से मारकर ही दम लिया था। किन्तु इन महापुरुषों के और हमारे शत्रुओं में बहुत अन्तर है। पहली बात तो इनके शत्रु स्वयं इनके किसी स्वार्थवश निर्मित नहीं होते हैं, जब कि हमारे अधिकांश शत्रु हमारे स्वयं के द्वारा हमारे स्वार्थों पर आघात लगने के कारण बनाए गए होते हैं। हम साधारण जनों के लिए स्वार्थवश या ईर्ष्यांवश मोल ली गई शत्रुता अक्सर बड़ी महंगी पड़ती है। ये हमारे शत्रु ही होते हैं, जो हमारा सारा सुख-चैन, आराम, यहां तक कि भविष्य भी चौपट कर डालते हैं। अतः बुद्धिमानी की बात तो यह है कि किसी के मन में हमारे प्रति शत्रुभाव न पनपने पाए और न ही हमारे मन में किसी के प्रति शत्रुता का अंकुर फूटे। इसके लिए बहुत ज़रूरी है कि यदि किसी से हमारा मतभेद हो तो हम उसे अधिक तूल न दें, उसे सहज भाव से ही लें। अक्सर छोटे-मोटे मतभेदों से ही तो शत्रुता बढ़ती है।

यहां आप कह सकते हैं कि किसी को शत्रु बनाने हम ख़ुद तो नहीं जाते हैं। अब सामने वाला ख़ुद-ब-खद हमसे शत्रुता रखे तो हम क्या करें? लड़ाई हमने नहीं, उसी ने शुरू की थी और वही है जो बात बढ़ाता जाता है। हमारा पक्ष तो पूरी तरह सही है। हो सकता है कि आपकी बात पूरी तरह सही हो। पर क्या आपको पता है कि ठीक यही बात आपका शत्रु भी कहता है? सच तो यह है कि इस दुनिया में बुरा-से-बुरा आदमी भी अपने को बुरा नहीं समझता और यदि वह जानबूझकर बुरा काम करता है, तो अपनी कैफ़ियत के लिए उसके पास बढ़िया तर्क होते हैं। यहां दोनों ही पक्ष निष्पक्ष होकर अपने-अपने गिरेबां में झांकें, तो पता चलेगा कि उनकी शत्रुता यूं ही परवान नहीं चढ़ी है। हो सकता है, इसकी शुरुआत किसी एक ने अपनी ओछी मनोवृत्ति के कारण की हो, पर क्या दूसरे ने इसे थोड़ी भी हवा नहीं दी? चिनगारी को उसने यदि शुरू में ही मसल दिया होता, तो वह शोला बनने की ज़ुर्रत भला कैसे करती? अतः बहुत ज़रूरी है कि हम सबसे पहले अपनी ग़लतियों पर ध्यान दें। इससे

शत्रु के प्रति हमारे रोष में निश्चय ही कमी आएगी, जिसका अप्रत्यक्ष रूप से हमारे शत्रु पर भी प्रभाव पड़ेगा।

वैसे सम्भव है कि किसी से शत्रुता में आपका दोष बिल्कुल न हो। कुछ लोग ऐसे होते हैं, जो अकारण ही हमारे शत्रु बनते हैं, पता नहीं उन्हें हमारी कौन-सी बात नापसन्द होती है कि हमारे द्वारा दोस्ती के लिए बढ़ाया गया हाथ वे बेदर्दी से झटक देते हैं। ऐसी स्थिति में हमें कबीर का दर्शन, जो ताको कांटा बुवै, ताहि बोउ तू फूल अथवा ईसा का दर्शन, अपने शत्रु से प्रेमभाव रखो, हमें बेमानी लगता है। अब यह दर्शन तो व्यावहारिक ही है कि अपने शत्रु के लिए भट्ठी को ज़्यादा तपाने से उसकी आग हमें ही जला सकती है। शत्रुता के कारण होने वाले मनोविकारों का उल्लेख हम शुरू में कर चुके हैं। इसलिए अपने सम्पूर्ण व्यक्तित्व को विद्रूप होने से बचाने के लिए, साथ ही शत्रुओं द्वारा पहुंचाई जाने वाली अनावश्यक हानि से बचने के लिए, हर हालत में शत्रुता को समाप्त करना अच्छा है। यही शत्रुता को समाप्त करने का व्यावहारिक फ़ायदा है।

अन्त में:

हमारा काम ही दुश्मन से प्यार करना है
ज़माने भर को दिया दर्से-दोस्ती[1] हमने

– लतीफ़ फहानी

नज़र में जिसकी तनफ़्फ़ुर[2] का गहरा साया है
वो अजनबी भी मुझे अपना दोस्त लगता है

– ज़हीर गाज़ीपुरी

दुश्मनी का सफ़र एक क़दम दो क़दम
तुम भी थक जाओगे हम भी थक जाएंगे

– अज्ञात

1. दोस्ती का पाठ, 2. घृणा।

शिकायत

एक सामान्य मनुष्य अक्सर शिकायती प्राणी होता है। सारी दुनिया से उसे अक्सर किसी-न-किसी कारण शिकायत बनी ही रहती है। दुनिया के प्रति इन अनेकानेक शिकायतों में से एक आम शिकायत व्यक्ति की यह रहती है कि दुनिया बड़ी अहसान-फ़रामोश है। कितना भी दूसरों का उपकार करो, कोई अहसान नहीं मानता। सब स्वार्थ के पुतले हैं, काम निकला कि चलते बने। अक्सर सभी व्यक्तियों के पास उन लोगों की लम्बी लिस्ट होती है, जिन्होंने उनके उपकारों का कोई अहसान नहीं माना, बल्कि समय पड़ा तो अपकार ही किया है।

इस लिस्ट में उनके अपने बच्चे तक शामिल होते हैं, जिन्हें उन्होंने अपना ख़ून-पसीना एक कर बड़ा किया, पर बड़े होते ही वे पर-निकले चिड़िया के बच्चे के समान घोंसला छोड़कर फुर्र हो गए और जाते-जाते यह कहना भी नहीं भूले कि आपने हमारे लिए किया ही क्या है?

आज के ज़माने को देखते हुए कहा जाए, तो दुनिया के अहसान-फ़रामोश होने की शिकायत गैर-लाज़िमी भी नहीं है। सचमुच तो दुनिया इसी प्रकार की दिखती है, बेहद कृतघ्न, स्वार्थी, गद्दार, नमकहराम। जैसा कि माज़िद कहते हैं:

'माज़िद' कोई दरिन्दा भी शायद न कर सके
जो कुछ भी आदमी ने किया आदमी के साथ

ऐसी ख़ुदगर्ज़ दुनिया को देखकर ही तो नीत्शे जैसा दार्शनिक दिन में लालटेन लिये ईश्वर को खोजता फिरा था। कहां है आख़िर वह जिसने इसे बनाया है? और अन्त में थककर उसने घोषणा की थी: ईश्वर मर चुका है। वाक़ई बहुत बुरी है यह दुनिया।

अहसान-फ़रामोशी शायद दुनिया का शुरू से ही दस्तूर रहा है। तभी तो ईरान के प्रसिद्ध विचारक शेख़ सादी ने सदियों पूर्व कहा था: मैंने आज तक ऐसा एक भी आदमी नहीं देखा, जिसे मैंने तीर चलाना सिखाया हो और जिसने पलटकर मुझे अपना निशाना न बनाया हो। इसीलिए वह नेक बन्दों को सलाह देते हैं: इतनी नेकी मत कर कि तेज़ दांत वाले भेड़िए तुझी पर सवार हो जाएं।

यहां मुख्य विचारणीय बात यह है कि लोगों का अहसान-फ़रामोश होना हमारे लिए उतना हानिकारक नहीं होता, जितना हमारा बार-बार इस बात को सोचना, इस बात पर बड़बड़ाना कि दुनिया, यानी हमारे अमुक-अमुक परिचित या मित्र या रिश्तेदार कितने कृतघ्न हैं। हमने उनके लिए इतना किया, पर उन्होंने कभी अहसान नहीं माना। काम निकला, तो कैसी तोते-सी आंखें फेर लीं।

ऐसे विचार हमें दो तरह से हानि पहुंचाते हैं, एक, इससे हम चिड़चिड़े और दुःखी प्राणी बनते हैं, जिससे हमारा व्यक्तित्व अलोकप्रिय होता है; दूसरे, इनसे अनेक मानसिक रोग जन्म लेते हैं, जिसका देर-सवेर असर हमारे शरीर पर भी ज़रूर पड़ता है। निश्चय ही यह हमारे लिए बहुत बड़ी हानि है। अप्रत्यक्ष रूप से इससे दुनिया का भी अपकार होता है, क्योंकि फिर हम किसी पर कोई उपकार करने से झिझकते हैं।

इस हानि से बचने का एक अच्छा तरीक़ा यह है कि हम मान लें कि

यही दुनिया की रीति है, जैसा कि रोमन दार्शनिक मार्क्स ओरेलियस कहता है: मैं ऐसे लोगों से मिलूंगा जो बातूनी हैं, स्वार्थी हैं, अहंवादी हैं, किन्तु इनसे मिलकर मुझे कोई आश्चर्य नहीं होगा, क्योंकि मैं ऐसे संसार की कल्पना नहीं कर सकता, जहां ऐसे व्यक्ति न हों।

इसी तरह बौद्ध धर्म ग्रन्थ धम्मपद में बुद्ध की वाणी है, अतिवाक्ये तितिक्षिष्ये, दुःशीला ही बहुजना। मैं कटु वचनों को सहन करूंगा, क्योंकि संसार में दुष्ट व्यक्ति ही अधिक हैं। प्रसिद्ध लेखक डेल कारनेगी कहते हैं: उपकारों को भूलना मनुष्य का स्वभाव है। यदि हम दूसरों से तज्ञता की आशा रखेंगे, तो बेकार सिरदर्द मोल लेंगे। कहते हैं, ईसा मसीह ने एक दिन में दस कोढ़ियों को ठीक किया था, किन्तु उनमें से केवल एक ने ईसा को धन्यवाद दिया, शेष सब उनसे बिना मिले ही चले गए। अब यदि ईसा ने इन नौ लोगों की अहसान-फ़रामोशी को अपने दिल में रखा होता, तो क्या वह कभी अपने मिशन में सफल होते?

किन्तु ईसा, ईसा थे। दूसरों पर किए गए उपकारों को भूलना हर एक के लिए सहज नहीं होता। इस लेन-देन की दुनिया में हमारे द्वारा दूसरों पर किए गए उपकार वस्तुतः हमारी लेनदारी है, उन्हें भला हम कैसे भूल जाएं? दूसरों के उपकार भले हमें याद न रहें, पर दूसरों पर किए गए थोड़े से भी उपकार हमें हमेशा याद रहते हैं। यहां प्रश्न उठता है कि इस दोष से हम कैसे बचें? क्या इसके लिए कोई व्यावहारिक मार्ग है?

जी हां, है, यह व्यावहारिक मार्ग हमें गीता की निष्काम-कर्मयोग की शिक्षा से मिलता है। निष्काम-कर्मयोग का अर्थ है बिना किसी फल की लालसा के कर्तव्य कर्म करना। जाहिर है कि जो व्यक्ति केवल कर्तव्य समझकर अपना कार्य करेगा, वह किसी पर अहसान करने का भाव अपने मन में नहीं रखेगा, उसे कोई अन्तर नहीं पड़ेगा कि उपकृत व्यक्ति उसका अहसान मानता है अथवा नहीं। गीता यह भी कहती है कि हम जो भी करें भगवत अर्पण करते हुए करें। ऐसी स्थिति में तो हमारा उपकार, उपकार ही नहीं रह जाता है। नीति भी यही सलाह देती है

कि हम किसी से कृतज्ञता की अपेक्षा न रखें। नेकी कर दरिया में डाल यही बताने वाला एक सुन्दर नीति वाक्य है।

अन्त में:

इससे गिला किया कभी उससे गिला किया
औकात यूं ही शिकवा गुज़ारी में कट गई।

– मुसहफ़ी

अब किसी से भी शिकायत न रही
जाने किस किस से गिला था पहले

– अज्ञात

समय

पत्रोत्तर में देरी हुई, क्षमा करना। मन तो बहुत दिनों से तुम्हें पत्र लिखने को कर रहा था, किन्तु क्या करूं, समय ही नहीं मिला, कुछ ऐसी ही पंक्तियों से प्रारम्भ होने वाले पत्र निश्चय ही आपको मिलते होंगे। सम्भव है, आप स्वयं भी ऐसे पत्रों के लेखक हों। किसी व्यक्ति को हम क्यूं देर से पत्र लिखते हैं, यह मनोविज्ञान का रोचक विषय बन सकता है, किन्तु अभी हमारे विचार का बिन्दु यही नहीं, बल्कि यह है कि समय का रोना रोने वाले लोग क्या सचमुच इतने व्यस्त होते हैं कि पत्र लिखने जैसे महज पांच मिनट के काम के लिए उनके पास फ़ुर्सत नहीं होती?

बात केवल पत्र लिखने की ही नहीं है। वस्तुतः दैनिक जीवन के कितने ही ऐसे छोटे-मोटे काम होते हैं, जिन्हें सम्पन्न करने के विषय में हम सोचते तो हैं, किन्तु उनके लिए हमारे पास समय नहीं होता। मसलन, किसी के ग़म या ख़ुशी में शरीक होने जाना, दांत या आंख के डॉक्टर के पास जाना, बच्चों के शिक्षक से मिलना या उनके स्कूल जाना इत्यादि। पर बात केवल छोटे-मोटे कार्यों की ही नहीं है। समय की कमी का यह रोना हमारे द्वारा इच्छा किए जाने वाले जाने कितने ही बड़े कार्यों का भी रोड़ा बनता है। इस समयाभाव के कारण जाने कितनी ही प्रतिभाएं कुंठित हो जाती हैं।

मेरी ही एक परिचित हैं। ईश्वर-प्रदत्त मधुर कंठ है उनका। कभी उन्होंने प्रसिद्ध गायिका बनने का सपना देखा था, किन्तु उम्र ढलने के साथ-साथ उनकी इच्छाएं भी ढल गईं। कारण पूछो तो वही एक उत्तर, क्या करें नौकरी और घर-गृहस्थी ने फ़ुर्सत ही नहीं दी, वरना हम भी बहुत कुछ कर सकते थे।

इसमें कोई सन्देह नहीं कि आज की नगरीय सभ्यता में जीने वालों के लिए समय मानो पंख लगाकर उड़ता है। कुछ लोगों को वाक़ई अपने दैनिक कारोबार में इतना अधिक व्यस्त रहना पड़ता है कि पत्र लिखने जैसे छोटे कार्य अथवा गायकी के क्षेत्र में बुलन्दी को छूने जैसे बड़े कामों के लिए उनके पास समय नहीं रहता, किन्तु कुल मिलाकर ऐसे लोग कम ही होते हैं। यदि आप भी ऐसे ही लोगों में शामिल हों तो कोई बात नहीं, अन्यथा तनिक सोचिए, समय की कमी का यह रोना कहीं आपकी अपनी लापरवाही, नासमझी या आलस्य का नतीजा तो नहीं है? आपके ये आंसू कहीं मगरमच्छी आंसू तो नहीं हैं, जो आप अपनी ग़लती छिपाने के लिए बहाते हैं?

आत्मावलोकन करें तो हम पाएंगे कि एक तरफ़ तो हम समय की कमी का रोना रोते हैं और दूसरी तरफ़ जीवन का कितना ही समय व्यर्थ गंवा देते हैं। आवश्यकता से अधिक सोना, आलसियों के समान पड़े रहना, गप्पबाज़ी करना, व्यर्थ वाद-विवाद, लड़ाई-झगड़ा, परनिन्दा, चुग़लख़ोरी आदि कितने ही ऐसे कार्य हैं, जो हमारे अमूल्य समय को नष्ट करते हैं। ऐसे कामों की हम लम्बी सूची बना सकते हैं, किन्तु ऐसा करने के बजाय अच्छा हो कि हम सोचें कि हम ऐसा क्या करें कि समय की कमी का रोना रोए बग़ैर छोटे-बड़े सभी काम बख़ूबी निपटा सकें।

पहली बात, इसके लिए हमें स्वयं के प्रति कठोर होना होगा। बेकार के कार्यों से हमें क्षण-क्षण बचना होगा। जिस तरह पानी की बूंद-बूंद से घड़ा भरता है, उसी तरह जब हमारे ये क्षण-क्षण इकट्ठे होंगे, तब एक लम्बा समय हमें ख़ाली मिलेगा। अब इस समय का हम वहां उपयोग कर सकते हैं, जहां समय की कमी का हम रोना रोते हैं।

आइए, समय की बचत के लिए कुछ व्यावहारिक बातों पर भी विचार करें। इसके लिए यह बहुत ज़रूरी है कि हम प्रतिदिन के लिए एक समयबद्ध योजना बनाएं। अच्छा हो कि दिन-भर हमें क्या-क्या करना है, इसकी योजना हम प्रातः उठने के पूर्व बिस्तर पर लेटे-लेटे ही बना लें, या फिर सोने के पूर्व यह योजना बनाएं। फिर उठते ही हम इसे एक डायरी में नोट कर लें। और फिर, बिना किसी ढील के, उसी के अनुसार कार्य करें। अब देखिए, कठिन प्रतीत होने वाले कार्य कितनी आसानी से निपटते हैं।

समय बचाने का एक व्यावहारिक तरीक़ा यह भी है कि हाथ में लिये कार्य को कुछ जल्दी निपटाया जाए। कुछ जल्दी हाथ-पैर चलाकर हम दैनिक कामों को तो जल्दी निपटा ही सकते हैं, हम अपने महत्वपूर्ण कार्य भी इच्छा करने पर जल्दी निपटाकर समय की बचत कर सकते हैं। इसके लिए बस थोड़ी-सी अतिरिक्त चुस्ती की ज़रूरत पड़ती है। ऐसा हमेशा नहीं होता है कि जल्दी का काम शैतान का काम सिद्ध हो। हां, थोड़ी सतर्कता अवश्य रखें।

समय पर अपनी पकड़ मज़बूत करने के लिए सबसे ज़रूरी है, भूत और भविष्य को छोड़कर केवल वर्तमान में ही रहने की आदत। सारे सफल लोगों की जीवनी यही बताती है कि उन्होंने अपना जीवन समय को अपने वश में रखकर बिताया था और यह उनके लिए तभी सम्भव हो पाया, जब उन्होंने वर्तमान के दामन को थामे रखा तथा वर्तमान के प्रत्येक क्षण का दोहन किया।

अन्त में :

समय लाभ सम लाभ नहीं, समय चूक सम चूक।
चतुरन चित रहिमन लगी, समय चूक की हूक॥

– रहीम

सन्तान

अपनी सन्तान सबको प्रिय होती है। यह तब और प्रिय लगती है, जब एक अच्छे इंसान के रूप में पहचान पाती है। कौन मनुष्य नहीं चाहता कि उसकी सन्तान वास्तव में सफल जीवन जिए देश और समाज में उसका नाम ऊंचा हो, प्रसिद्धि उसके क़दम चूमे। ऐसी ही सन्तान तो मनुष्य के मस्तक को गर्व से ऊंचा उठाती है। किन्तु हममें से कितने अपनी सन्तान का भविष्य बनाने के लिए वास्तव में उनकी मदद करते हैं। यह मदद उन्हें अच्छे स्कूल में पढ़ाने, उनका बैंक-बैलेंस बढ़िया करने अथवा उन्हें मौखिक उपदेश देने से नहीं होती, बल्कि इसके लिए आवश्यकता होती है, बच्चों के सामने आदर्श प्रस्तुत करने की। जब तक हम स्वयं बुराई के मार्ग पर चलते रहेंगे, तब तक बच्चों से यह आशा नहीं की जा सकती कि वे नीतियुक्त मार्ग पर चलें।

हम अपने बच्चे के झूठ बोलने पर उसकी भर्त्सना करते हैं। वास्तव में हमें इस बात का दुःख भी होता है कि वह दिनोंदिन झूठा बनता जा रहा है, किन्तु हम यह भूल जाते हैं, हम स्वयं ही उसके सामने दिन में कितनी ही बार झूठ का सहारा लेते हैं। हम स्वयं तो काम से जी चुराते हैं, प्रातःकाल देर से उठते हैं, एक से बढ़कर एक अपशब्दों का प्रयोग करते हैं, सिगरेट-शराब जैसी नुक़सानदेह चीज़ों का घर में खुल्लम-खुल्ला प्रयोग करते हैं, किन्तु जब यही कार्य हमारे बच्चे करते हैं, तब हमें दुःख होता है। तब हम कभी

उन पर गुस्सा होते हैं, तो कभी उन्हें उपदेश देते हैं। किन्तु निश्चित जानिए, न तो आपके क्रोध से काम चलेगा और न आपके मौखिक उपदेश देने से। आवश्यकता है, स्वयं को आदर्श रूप में प्रस्तुत करने की। इसके अभाव में हमारा कोरा उपदेश बेअसर तो होता ही है, कई बार यह हमारे लिए बड़ा महंगा भी पड़ता है। इस सम्बन्ध में एक नीति-कथा याद आती है।

एक पंडित जी थे। उठते-बैठते हमेशा राम का नाम जपते थे। वह अपने बच्चे को हमेशा सिखाया करते थे कि ग़लत काम नहीं करना चाहिए, रामज़ी की असंख्य आंखें हैं, उनसे छिपा नहीं रहता। किन्तु ये सारी बातें केवल ज़ुबानी ही होती थीं। वे स्वयं राम जी को बिसराकर अक्सर ग़लत काम किया करते थे। एक बार आधी रात के समय वह एक ख़ाली बोरा लिये पड़ोसी के खलिहान में चोरी की नियत से जाने लगे। अचानक बच्चे की आंख खुली।

'आप इतनी रात को कहां जा रहे हैं पिता जी, मैं भी आपके साथ चलूंगा...', कहते हुए बच्चा झट उठ बैठा। तब कुछ सोचकर पंडित जी ने अपने बेटे को भी साथ ले लिया। पड़ोसी के खलिहान में घुसकर उन्होंने अपने बेटे से कहा, 'बेटा, चारों ओर नज़र रखो, जैसे ही कोई दिखे, तुरन्त बताना...', यह कहते हुए पंडित जी जल्दी-जल्दी अपने बोरे में अनाज भरने लगे। अनाज भरकर बोरा पीठ पर लादकर जैसे ही वह चलने को तैयार हुए, अचानक उनका बेटा चिल्लाया, 'कोई देख रहा है, पिता जी दौड़ो।' यह सुनते ही पंडित जी ने बोरे को वहीं फेंका और बच्चे का हाथ थाम घर की ओर दौड़े। घर पहुंचकर तनिक सांस लेने के बाद उन्होंने बेटे से। पूछा, 'क्यों बेटा, जो हमें देख रहा था, क्या तुम उसे पहचानते हो? कौन था वह?' इस पर बच्चे ने बड़े भोलेपन से जवाब दिया, 'हां पिता जी, राम जी हमें देख रहे थे। आप ही ने तो कहा था पिता जी कि राम जी की असंख्य आंखें होती हैं...वे रात में भी देख लेते हैं...उनसे कुछ भी छिपा नहीं होता। वही तो हमें देख रहे थे।'

अब आप ज़रा उन पंडित जी की स्थिति की कल्पना कीजिए। अतः ध्यान रखिए, सबसे पहले आपका अपना ग़लत आचरण आपके बच्चों को ग़लत

मार्ग पर ले जाता है। सभी बच्चे हमारी कथा के पंडित जी के समान समझदार नहीं होते। अक्सर वे माता-पिता के कार्यों का ही अनुकरण करते हैं। समाज, माहौल, शिक्षा आदि को दोष देने के बजाय सबसे पहले अपने आचरण में सुधार करना चाहिए। निश्चय ही इससे आपकी सन्तान को सही मार्ग पर चलने में सहायता मिलेगी। प्रसिद्ध जर्मन दार्शनिक कांट ने एक नैतिक सूत्र दिया था: जो भी करो, करने से पहले थोड़ी देर सोच लो कि क्या इसे सार्वभौमिक नियम बनाया जा सकता है अर्थात क्या सभी को यह करना चाहिए? आप सबकी चिन्ता भले न करें, पर यदि आपको अपनी सन्तान से प्रेम है, तो कृपया कुछ भी करने से पहले थोड़ी देर सोच लें कि यदि वह भी ऐसा ही करे, तो आपको कैसा लगेगा? ऐसा करने से निश्चय ही हमारी बुरी आदतों पर अंकुश लगेगा और तब ही हमारा अनुकरण करने वाली सन्तान इससे बच सकेगी। सही मायने में हम इसी तरह उनका भविष्य संवार सकते हैं।

अन्त में :

अब्राहम लिंकन की अपने बच्चे के लिए दुनिया से अपील – ऐ दुनिया, मेरे बच्चे को वह शक्ति देना, जिससे वह भीड़ का हिस्सा बनकर भेड़चाल न चले, उसे यह तो सिखाना कि वह दूसरों की बातों को सुने, लेकिन हर बात सच्चाई के तराज़ू पर परखे और सिर्फ़ अच्छाई को ही अपनाए। अपनी अन्तरात्मा की आवाज़ को वह चांदी व सोने के सिक्कों में न तौले। उसे यह सिखाना कि वह लोगों के कहने में न आए और यदि वह अपनी सोच में ख़ुद को सही पाता है, तो अपने सही इरादों पर डटा रहे और संघर्ष करे। इसे नरमी से सिखाना, पर ऐ दुनिया, इसे बिगाड़ना मत और कमज़ोर न बनाना, क्योंकि लोहा आग में तपकर ही फ़ौलाद बनता है। वैसे तो ऐसा कर पाना बहुत बड़ी बात है, मगर ऐ दुनिया, फिर भी आप ऐसा करने की कोशिश ज़रूर करना। आख़िरकार वह एक बहुत प्यारा बेटा है।

सॉरी

• • • •

एक बहुत ही छोटा-सा शब्द है, 'सॉरी'। है तो यह आंग्ल भाषा का शब्द, किन्तु अन्य दूसरे बहुत से आंग्ल शब्दों के समान यह भी हमारी ज़बान पर इतना चढ़ गया है कि किसी से थोड़ा टकराए नहीं कि हमारी ज़ुबान से झट निकल पड़ता है, 'सॉरी'। ख़ैर, शब्द चाहे जिस भाषा का हो, है यह एक अच्छा शब्द। दूसरों के प्रति अनजाने में भी अपराध होने पर क्षमा मांगना एक ऐसी तहजीब है, जिसके लिए दुनिया की तमाम भाषाओं में कोई-न-कोई शब्द अवश्य होगा। पर ग़लती होने पर सॉरी शब्द का उच्चारण मात्र क्या पर्याप्त है, यह सोचने वाली बात है। सच तो यह है कि जितनी शीघ्रता से यह शब्द हमारी ज़ुबान से फिसलता है, उतना ही कम असर यह हमारे हृदय पर डालता है। असावधानीवश किसी को धक्का लगने जैसे मामूली अपराध पर सॉरी कहकर छुट्टी पा लेना तो समझ में आता है, पर जाने-अनजाने में की गई बड़ी ग़लतियों के लिए भी क्या सॉरी शब्द पर्याप्त होगा? आइए, इस पर विचार करें।

जीवन में हर व्यक्ति की तमन्ना होती है कि उसकी जीवन-यात्रा सफल और सुखद हो, किन्तु यह तब तक सम्भव नहीं है, जब तक कि अन्य लोगों से हमारे सम्बन्ध मधुर न हों। लेकिन अन्य लोगों से मधुर सम्बन्ध बनाना और आगे भी बनाए रखना कोई मामूली बात नहीं है। अपनी नासमझी की

वजह से हम अक्सर अपने सम्बन्धों में कटुता उत्पन्न कर लेते हैं और इस तरह हम अपनी राहों में ख़ुद ही कांटे बो लेते हैं। सम्बन्धों की यह कटुता तब और बढ़ जाती है, जब हम अपनी ग़लती की ओर से आंखें मूंदकर सारा दोष सामने वाले के सिर पर मढ़ देते हैं। किन्तु कई मामलों में हम भी तो कहीं-न-कहीं दोषी होते हैं। इसलिए टकराहट की स्थिति में हमें सबसे पहले अपने गिरेबां में झांककर देखना चाहिए। किसी शायर ने ख़ूब कहा है:

कुछ तो उसको बुरा लगा होगा
कोई क्यों बेवजह ख़फ़ा होगा।

एक बार अपनी ग़लती का अहसास हो जाने के बाद हमारे लिए उन लोगों से क्षमा मांगना आसान हो जाता है, जिनके प्रति हमसे जाने या अनजाने अपराध हुआ हो। ऐसी स्थिति में हमें अपने अहम् का परित्याग कर अपने विरोधी से तुरन्त माफ़ी मांग लेनी चाहिए। पर हां, क्षमा ज़रा नम्रतापूर्वक मांगिए, तहे-दिल से मांगिए। फिर देखिए, सही ढंग से उच्चारित किया गया यह शब्द कैसा जादुई चमत्कार दिखाता है। निश्चय ही इससे सम्बन्धों की कटुता ग़ायब हो जाती है। किन्तु अफ़सोस! हम आधुनिक लिबास पहने लोग छोटी-छोटी भूलों में तो सॉरी शब्द का ख़ूब इस्तेमाल करते हैं, किन्तु जहां इसे बोलने की ज़रूरत होती है, वहां मुंह सिल लेते हैं। निश्चय ही इससे अनेकानेक अपराध भी जन्म लेते हैं।

वैसे यह भी सम्भव है कि हम किसी से क्षमा मांगें और वह हमें क्षमा न करे। शायद उसके लिए हमारा अपराध ज़्यादा बड़ा हो कि हमारे द्वारा मांगी गई क्षमा उसे छोटी लगे। किन्तु ऐसी स्थिति में भी हमारे द्वारा क्षमा मांगने का महत्व कम नहीं हो जाता। अपनी ग़लती का अहसास होते ही हमारे रवैये में अपने विरोधी के प्रति अपने आप परिवर्तन आ जाता है। (आना भी चाहिए) जिसे प्रत्यक्ष न सही, अप्रत्यक्ष रूप से हमारा विरोधी अवश्य महसूस करता है। इसका फल हमें देर-सवेर ज़रूर मिलता है।

हो सकता है ईश्वर के अस्तित्व में विश्वास न रखने वालों को यह सब

हंसी की बात लगे। किन्तु पश्चात्ताप का महत्व नास्तिकों के लिए भी कम नहीं है। पश्चात्ताप के आंसू हमारे व्यक्तित्व को निखारने वाले होते हैं, यह बात केवल धार्मिक जन ही नहीं, आधुनिक मनोवैज्ञानिक भी कहते हैं। डाइनेटिक्स नामक एक आधुनिक मनोचिकित्सा पद्धति प्रायश्चित को चिकित्सा की एक विधि मानती है। इसके अनुसार मानव मन में छिपे हुए अपराध-भाव ही जब-तब रुग्णता के रूप में फूटते हैं, इनका उपचार न तो क़ीमती औषधियों से सम्भव है और न जीन-नियन्त्रण की आधुनिक तकनीक से। इससे छुटकारा पाने का केवल एक ही उपाय है, वह है अपने पापों की स्वीकृति। किन्तु पापों की यह स्वीकृति, जैसा कि हमने ऊपर लिखा है, तहेदिल से होनी चाहिए। अनेक धर्मों में इसके महत्व को इसी अर्थ में स्वीकार किया गया है, किन्तु ऐसा होता कहां? तभी तो तथाकथित धार्मिक जन यन्त्रवत इस क्रिया को करते हैं। क्या यह सच नहीं है कि अनेक मसीही-बन्धु चर्च में प्रति सप्ताह अपने पापों की स्वीकृति हृदय से नहीं करते? पूजा-उपासना पर्व पर जैनी भाई एक-दूसरे से जो साल-भर की ग़लतियों के लिए क्षमा-याचना करते हैं, वह भी क्या अक्सर रस्म अदायगी ही नहीं होती है? काश, मुस्लिम भाई ईद में गले मिलते वक़्त अपना दिल भी मिलाते और हिन्दू भाई होली के रंग के साथ-साथ वास्तव में अपने सम्बन्धों को भी इन्द्रधनुष की ख़ूबसूरती से सजाते। यदि ऐसा होता, तो दुनिया कितनी ख़ूबसूरत होती।

एक बात और, क्षमा मांगने के समान क्षमा करना भी महत्वपूर्ण है। सच तो यह है कि हम क्षमा मांगने के तभी हक़दार बनते हैं, जब दूसरों के अपराध क्षमा कर सकने का विशाल हृदय भी हम रखें। इस सन्दर्भ में बाइबिल की एक सुन्दर कथा इस प्रकार है, एक व्यक्ति एक राजा का लाखों दीनार का क़र्ज़दार था। क़र्ज़ न पटा सकने की स्थिति में राजा ने अपने सेवकों को आज्ञा दी कि क़र्ज़दार के बीवी-बच्चे और सारी जायदाद बेचकर क़र्ज़ वसूल किया जाए। इस पर क़र्ज़दार ने राजा के पैर पकड़ लिये और रो-रोकर राजा से क्षमा-याचना करने लगा। राजा को उस पर दया आ गई, अतः उसने उसका सारा क़र्ज़ माफ़ कर दिया। अब जैसे

ही यह क़र्ज़दार राजसभा से बाहर निकला, उसे एक ऐसा व्यक्ति दिखाई दिया, जिसने उससे सौ दीनार क़र्ज़ लिये थे। उसे देखते ही इस क़र्ज़दार ने उसका गला पकड़ लिया और तुरन्त अपने दीनार वापस मांगने लगा, किन्तु उस व्यक्ति के पास उस वक़्त सौ दीनार नहीं थे, इसलिए वह समय पर क़र्ज़ न पटा सकने के कारण रो-रोकर क्षमा मांगने लगा, पर इसने एक न सुनी और उसे हवालात में बन्द करवाकर ही दम लिया। उधर राजा को जब इस घटना का पता चला, तो वह बहुत नाराज़ हुआ। उसने तुरन्त सिपाही भेजकर अपने क़र्ज़दार को बुलवाया और उसे कड़ी फटकार लगाते हुए कहा, जिस प्रकार मैंने दया कर तुम्हारा क़र्ज़ माफ़ कर दिया था, क्या तुम्हें यही दया अपने क़र्ज़दार पर नहीं दिखानी चाहिए थी? और फिर राजा ने उसे जल्लादों के हवाले कर दिया।

इस सन्दर्भ में द्रौपदी की क्षमा उल्लेखनीय है, जो उसने अपने पांचों पुत्रों के हत्यारे अश्वत्थामा को दी थी। यद्यपि द्रौपदी ने प्रतिज्ञा की थी कि वह तब तक अपने पुत्रों के शव के पास से नहीं उठेगी, जब तक कि अश्वत्थामा को दंडित नहीं कर लेगी, किन्तु जब अश्वत्थामा को मुश्किलों के बाद पकड़कर लाया गया, तो अचानक वह उसे बिना दंड दिए वहां से उठ गई। कारण पूछने पर उसने कहा, 'मैंने गुरुपुत्र को क्षमा किया, क्योंकि मैं नहीं चाहती कि जैसे मैं अपने पुत्रों की मृत्यु पर विलाप कर रही हूं, वैसे ही इसकी माता भी इसकी मृत्यु पर विलाप करें।'

अन्त में

हे प्रभु! इन्हें क्षमा करना, क्योंकि ये नहीं जानते कि ये क्या कर रहे हैं।

– ईसा मसीह

छमा बड़न को चाहिए, छोटन को उत्पात।
का रहीम हरि को घटेव, जो भृगु मारी लात॥

– रहीम

हिम्मत

विपरीत परिस्थितियों से जूझने के लिए ईश्वर ने मानव को अनेकानेक शक्तियों से नवाजा है। मनुष्य को ईश्वरीय उपहार में मिला ऐसा ही एक गुण है, हिम्मत।

हिम्मत, ताकत से अलग है। ताक़त में जहां तन की शक्ति झलकती है, वहां हिम्मत में तन के साथ मन का होना भी ज़रूरी है। सच तो यह है कि हिम्मत में मन की शक्ति ही प्रमुख होती है, जिसका असर तन पर इतना पड़ता है कि उसमें अपने आप ताक़त आ जाती है। इस तरह मन, प्राण, आत्मा और शरीर को भी बलिष्ठ बनाने वाली हिम्मत मनुष्य के लिए बहुत महत्वपूर्ण है।

मनुष्य का अब तक का इतिहास बताता है कि किसी भी क्षेत्र में उसने तभी सफलता पाई है, जब स्वयं में निहित इस शक्ति को पहचानकर वह आगे बढ़ा है। बात चाहे तुंग हिमालय के शिखर पर चढ़ने की हो या समुद्र की अतल गहराइयों में पहुंचने की, बर्फ़ीले ध्रुव प्रदेश में जाने की हो या आग उग़लते रेगिस्तान को पार करने की, बिना हिम्मत के कोई क्या इन लक्ष्यों को पा सका है? ये तो ख़ैर बड़े-बड़े कार्य हैं। सच तो यह है कि जीवन में बहुत छोटे-मोटे काम, जैसे साइकिल चलाना सीखना या तैरना सीखना भी बिना हिम्मत के सम्भव नहीं है। जिस तरह युद्धभूमि में कोई सिपाही बिना हिम्मत के विजयी नहीं हो सकता, उसी तरह जीवन-संग्राम में उसी

की विजय होती है, जो हिम्मतरूपी हथियार को बलपूर्वक थामे रहता है। यहां एक प्रश्न उठता है कि हिम्मत का यह गुण मनुष्य में जन्मजात होता है अथवा वह इसे विकसित कर सकता है?

उत्तर में हम कह सकते हैं कि यद्यपि यह सच है कि कुछ लोग जन्मजात हिम्मती होते हैं और कुछ लोग जन्मजात डरपोक होते हैं, किन्तु मनुष्य चाहे तो वह अपने डर पर क़ाबू पाकर स्वयं में हिम्मत का विकास कर सकता है। इसके लिए उसे अपने तन-मन दोनों को मज़बूत बनाना होगा। तन की मज़बूती के लिए जहां सन्तुलित आहार एवं व्यायाम आवश्यक है, वहां मन के लिए संयम, योग, एकाग्रता आदि आवश्यक है। कुछ लोग त्राटक, मन्त्रोच्चार, सम्मोहन आदि के द्वारा भी मन मज़बूत बनाते हैं। मन की शक्ति बढ़ाने में आशावादिता, उत्साह तथा सकारात्मक चिन्तन भी आवश्यक होता है। इसके विपरीत डर, मायूसी, आलस्य, मन की चंचलता आदि हिम्मत तोड़ने वाले होते हैं, अतः हमें प्रयासपूर्वक ऐसी प्रवृत्तियों से बचना चाहिए।

यहां यह भी उल्लेखनीय है कि ईश्वर उसी की सहायता करता है, जो स्वयं आगे बढ़कर अपनी सहायता करते हैं। बड़ी प्रसिद्ध कहावत है, हिम्मतेमर्दा मददे-ख़ुदा। वैसे कुछ लोग इतने आत्मविश्वास से भरपूर होते हैं कि उन्हें इसके सामने ईश्वर का सहारा भी छोटा मालूम पड़ता है। ऐसे ही लोगों में जर्मन दार्शनिक नीत्शे भी था, जो कहता था कि मेरी इच्छाशक्ति मुझे साहस और शक्ति देती है। यह मुझे ईश्वर और देवताओं की दुनिया के बाहर खींचती है, अगर मैं देवताओं की दुनिया में रहा, तो रचूंगा क्या?

अन्त में :

न शाखे-गुल ही ऊंची है, न दीवारे-चमन बुलबुल
तेरी हिम्मत की पस्ती है, तेरी क़िस्मत की कोताही

– अज्ञात

●●●